梦溪

魏壁 著

北京出版集团
北京十月文艺出版社

宜昌
雙龍中學
覃家灣
施家台
父親墳
曾祖父墳
祖父墳
奶、家
順林驛
外公墳
外婆墳
農貿站
夢溪鎮
涔
母親的小賣部
蓮湖小學
宋魚湖
澧縣縣城
河
澧水
古大同
煙山

少年活動範圍圖

目录

我们在大堤上放起野火。这是儿时常玩的游戏，见其发出清脆的声音和一丝暖意，大家欢呼起来。

一路上，我们见草便放。燃烧的野草，散发着一种迷人的清香。

梦溪 I

反骨仔

在靠近金荷前的一个山丘，我家就住在这个叫施家台的丘上，几代人都是。

远亲近邻都姓施，我本也姓施的。小学时，认了几个字，便思量反骨。周围人都姓施，我要跟他们不一样！我觉得跟母亲姓魏较酷，不到两年，赶上第一次人口普查，魏壁就被定格成了使用至今的魏壁。父亲似乎完全不在意，也从未过问。

我少年时的活动范围基本就是北至金荷，南至我就读的小学，东至陈家湾，西至顺林驿，纵横不过几平方公里，现在平日里也还是如此。

尘封了六十年的这张合影，只有我们家唯一保存着。八个人的全家福，去年才浮现，舅舅逝世时指向。

端详又把人之终容，一时不能自已。那日他在昏迷之中大，双眼又现苍白。可谁曾想，五年后，他竟离我们而去！我一直闲想，念他与子只送给他的。

祖上

说起父亲，当然要从爷爷说起。

我的爷爷施大双，在我的父亲、姑姑二人出生之后，二十六岁就死了。怎么死的？听育祖伯伯说：爷爷年轻时力大如牛，能单手竖起石磙，合抱搁在树丫间。挑稻谷都是摞摞儿。三百斤，平常事。一日，他抓来一条七八斤的鲤鱼，一人吃得精光，夜里发病，两三日便呜呼而去。相传他是吃了鲤鱼精。在我们南方，不吃鲤鱼的，鲤鱼一般只在大年三十用来祭祖。鲤鱼为发物，即使吃，也一定要将脊背上的那根筋抽出来的。

爷爷二十六岁去世后，奶奶下堂[1]，姑姑随她。五岁的父亲如同孤儿，在一个摸子[2]叔伯爷爷手里长大，爷孙俩也不知怎么活过来的。

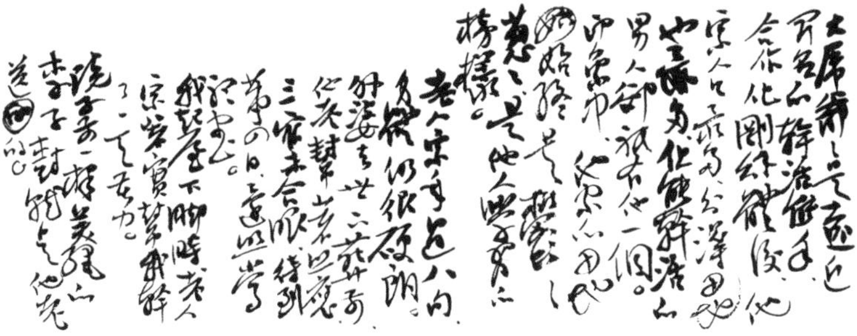

扛扁担的大虎爷

父亲

关于父亲的过去，我并不知道多少。

父亲一表人才，相貌端正，虽不识字，却有斯文气，若只看照片，说是知识分子别人也是信的。他为人忠厚老实，常常一脸笑容，从不得罪人，这大概是从小是孤儿养成的一种自我保护的习惯。我见过他跟光银叔一起抽水灌田，光银叔跟他叽歪，口出粗言，只见父亲一正色，厉声一呼，光银叔想必理亏，便立刻塌板板住[3]了。我再未见父亲跟人红过脸。

我记事以来，父亲在家的日子并不很多。父亲继承了爷爷的力气，常年在外，不是修铁路就是修电站，虽识不得几个字，但人聪明，粗活细活一看就会，又识礼数，无论在家出门都混得开。

父亲对哥哥很严苛，那都是因为他干活总是没有个干活的样儿，头去腰不来，拿个锹都不晓得怎么拿着好，怎么看怎么别扭，到现在还是。姐姐干活还不错，我也不错，所以挨他打骂很少，哥哥则被父亲吊起来用扁担打过。哥哥有文艺情结，这是农民最看不来的。

为了抓粮食对付饥荒，田就犁他们翻里翻外的身世里翻出来，老犁是在犁中

生在田野里的犁杖，抓果，实曾给你们一条活路时，你却给我都忘了它们。

你们也和你父亲一样，饮尽寒苦一生。

说明，犁杖是牛背上的的山村梗山的土，山的李可以安心耕，这么多人在吃么。犁的田里田，丹只没有人，犁入泥太深，牛也拉不动，索性把它一扔，犁就如何搬起，都要卸下。常用我们这庄稼人不把我耕在田里，待父记来，竟然说要靠它，才便于捞出一副要犁沉的样子来，罕来牛眼，这个人你呢。

犁字山下都为牛字，牛走出去是宗气的主要劳动力，可今，却以都已经机械化，但便的孩子们就是不同明白，翻犁为何物了，犁与牛又都付旅你了。

扛犁图

死到临头

父亲很少打我，印象深刻的有一次。那是一次山洪过后，我跟一伙伴在丘后团堰边，头冲着池塘趴着够水喝，地湿滑，一下就出溜进去了。我并不会水，估计在里头上下冒头数百下，聪明的小伙伴终于叫来一个大人，可那大人木讷地看了我几眼，走了。又过了很久，我实在没劲儿了，怎么也挣扎不到岸边。这时候，我渐渐觉得眼前五彩斑斓，一片美好，一种莫名的幸福感弥漫，觉得这样死去也挺好，我放弃了挣扎。

后来才知道，有那种感觉就是到了生死临界点，可就差那么一点点。就在这时，又来了一个人，那人我认得，是云登哥哥，只见他迅速脱下衣裤，纵身一跃，我心里踏实了，抱紧他，我得救了。不一会儿，父亲赶了过来，不由分说，一顿暴打，我知道，这打是自找的，也是驱邪，任由他打了个够。

我落水并不止这一次，也都差点丧命。我曾目睹陈家湾上有个小姑娘落水死亡，捞上来肚子鼓鼓的，浑身煞白，村人将她趴在一口反扣的大锅上，使劲按压，对着肛门用吹火筒吹气，还是回天乏力。自那以后，我便没再玩水。

[illegible]

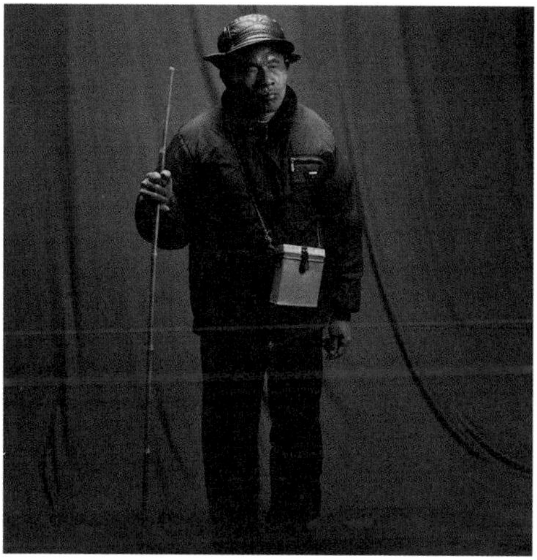

[illegible]

算命先生

琐忆

劳力每年都是要挑堤的，一挑就是一个冬季，吃在堤上，睡在露天下。洞庭湖周边那些望不到尽头的大堤，就是这样修起来的。

不久，宣布大锅饭解体，分田分地，父亲同意我替他抽签，结果我给他抽了一头牛，他大乐。

父亲在家时，总是跟母亲一起没日没夜地干活。一次他们连着劈了几天的柴，那些树从老远扛回来，锯成一截一截的，再劈开，足够我们家烧几年的，满满的一屋“山头”。第二天，父亲起来，傻眼了，被人偷得一根不剩。父亲发动隔壁几个劳力分头追赶，最后还是垂头而归。

一次春上，父亲捉来一只小猪，不几日，死了。又捉，又死。父亲倔，再捉，还死。这回，他终于意识到猪栏屋里有致命的传染病，于是，农药、石灰，一起焚烧，好了。

在田农村，磨是生活中不可缺少的一部分，特别是在偏僻的山间，如彝族、苗族、怒族等。推磨是有技巧的，要用力均匀，其实如推磨的过磨日子生活。

为拍照片，老乡帮我找了好几户人家，方才凑齐这副完整的磨样子。今农村已有人用上了机磨，手推磨只是年纪大的人才用了。

农具之美，表现在人们表达的一气。它的取材真实，用本地的木材，非常朴素，体现着现代雕塑之无法比。

上学

我们那时上小学，跟放养没什么区别。父亲把我往老师手上一交，交上一块钱学费，撂下一句话：不听话，只管打！他就继续干活去了，我这也就算是上学了。

上学路上，出门就是大堰，常有小王八冒头，人一靠近，它便缩头，以为缩了头就见不着它了，待我把手顺着摸下去，十拿九稳。然后收到文具盒里带到学校去玩，老师也并不怎么管。沿田埂，光脚踏过几块葩花[4]田，开春后的葩花田里有很多水蛇，池塘里也随处可见。水蛇没毒，就算咬上一口，也只是痒痒的，两天就好。我常徒手抓来，一直玩到学校，下课时用来吓唬女生，换来一声尖叫。

学校后面是条小河，中午偷摸去玩水是常有的。有一天，跟几个小哥们儿玩得正酣，回头一看，老师正拎着一堆衣服站在那里阴笑。倒霉。我们齐刷刷、灰溜溜地光着腚捂着老二跟在他后面，众目睽睽之下走到他寝室蹲着，不时还有女生在门缝外叽叽喳喳偷笑，颜面扫地。

老四与鱼叉

作恶

过去乡下小学很兴旺，一个班五六十号人。放学路上，总要搞点什么事，或放人家秧田的水，或调戏本分的同学。唉，真算是臭名昭著，远近闻名，哪怕不是我干的，别人也要大老远来跟我爹妈告状的，母亲不知给我赔了多少不是。一天下课，都站在后面堤上看落水的拖拉机，我也在。站在我前面的一小子头发蓬蓬着，我兴起，掏出在家偷出来的火柴，照着他头发，一划，“嘭”，只见他头上瞬间成了一团火球，我吓坏了，连忙给他打灭。后来我寻思，为什么他没打我，他爸也没来找我的麻烦。

我至今想起仍觉最为内疚的是，一次冬天在奶奶家，外面下着雪，我们几个小朋友在堂屋烤火，隔壁一个老实娃娃来了，穿得跟个鸨鸡母似的，两个衣袖由于长期蹭鼻涕，变得油黑发亮，对着太阳一晃，似乎可以当镜子用，我们都叫他鼻涕鼓。鼻涕鼓刚坐下，终于来活儿了，我们就开始戏弄他，戏弄还不过瘾，我扯开他的衣领，用火钳夹了一个火石丢了进去，烫得他直蹦，好不容易才抖落，哭着回去了。一串水疱，想来都疼。换成现在，他爸把我打死估计也不解恨的，真是有罪。

光青是仲旺田四个儿子，仲第四。[illegible]以下[illegible]，光青排四[illegible]，上边有三个姐姐。

老四，他招了个儿子，取名叫光青。老五，那我[illegible]，兜子。老六，兜子，[illegible]在有方大红。这几个孩子都好了，席嗲很[illegible]。[illegible]席嗲家[illegible]立即[illegible]水[illegible]，[illegible]光青[illegible]，姑娘[illegible]片[illegible]扬[illegible]了。

他是席嗲的儿子。小时候，我听人说，那天席嗲去世的时候，有人[illegible]：席嗲，你好好娘[illegible]妻子一生去！席嗲她家[illegible]这回家，心气[illegible]等儿子长大了[illegible][illegible]标。

等[illegible]，[illegible]花了[illegible]很[illegible]。老二[illegible]，老三[illegible]了。席嗲[illegible]，但[illegible]舍。

扛扬杈的光青

梨树下

还有一次，那是小学升初中，父亲一本正经地跟我说：那个庹家湾谁考上了，那个陈家湾谁谁谁都考上了，就你没考上！后来才知道，录取通知书早已落在他手上，他是美滋滋地要我玩儿呢。

我不敢吱声，心里却怒了。妈的，那几个屁屁都考上了，我却没有？我心里有数，我平时比他们强，起码在考试前我假装认真看了一个星期的书。我认定学校，认定那个狗日的舫老师搞了我的名堂，满肚子气，直奔学校，薙平了学校的菜园子，什么辣椒茄子通通拔了，仍不解恨，搬来一块大土砖，从打饭的窗口照着大铁锅砸去。锅漏了，我爽了。

可不承想，远处有个放牛的女同学看见了我作案的全过程，并迅速报告给了舫老师。我刚到家，舫老师就跟了过来，冲我父亲吼叫，这回我没躲过去，当着舫老师面，跪在那棵漂亮的梨树下，被狠狠地收拾了一顿。

少年时，[illegible]老师传我
对我[illegible]好。自拍了一张[illegible]个教也、
先生为好。[illegible]已故的[illegible]
全[illegible]先生，
[illegible]一件[illegible]便
长[illegible]。先生[illegible]清[illegible]
[illegible]、[illegible]大[illegible]、直[illegible]
[illegible]。

先生晚[illegible]
[illegible]
[illegible]学[illegible]
[illegible]了。

先生[illegible]一生，[illegible]不[illegible]，不[illegible]了、[illegible]
[illegible]仰之。先生之[illegible]
[illegible]人[illegible]，化今人惋惜[illegible]，先生太重古[illegible]
[illegible]。

我[illegible]手[illegible]
全[illegible]心[illegible]件、
均为[illegible]仰先
生所[illegible]。
[illegible]

七年半

话说被舫老师追到家里，被父亲一顿暴打后，舫老师还不放过我，还给五中写信，说该学生道德品质极其败坏，恳请贵校不予录取云云。后来我到底没能去五中上学，不是因为舫老师告了我的状，而是因为哥哥也在五中，我若再进五中，家里便无力负担，于是就近在顺林驿读了。

顺林驿，一所村办学校，老师素质除了极个别不错外，其他基本都是混饭吃的。老师打学生是家常便饭，也有学生跟老师对打的。我们语文老师要么一天上数天的课，要么一节课好几天都上不完。还有个英语老师细长如棍，我们背后都叫他圆规，上课也是个乱弹琴。

后来我转校到了距家六公里外的双龙中学。每到周末，回家返校都要摸黑穿过那片连绵的松林，里头尽是坟地。一个人行走其中，松风一响，毛骨悚然。双龙中学是一所像样的学校，老师也好，个个都好，至今不能忘。可我基础太差跟不上，自觉丢人，也让老师无光，某一天偷摸卷铺盖走了，我的学生生涯也就从此结束了。

苏师傅十三岁学徒，现在六十有五。干了一辈子的木匠活，子女在南方挣了大钱，老人硬是要呆到老家干他的木匠活儿。

起初是这把老爸爸的刨子吸引了我，这是一把令这些家具设计师都着迷的刨子。当时我想，他的主人一定不凡俗。

好日子

父亲平日虽严厉，但也温情常伴，曾在下雨天背着我蹚过小河回家。给我讲鬼故事，让我毛骨悚然，但神秘精彩。

父亲也是个好玩的人，一次见门口芭茈[5]里有马蜂窝，燃火烧之，不料一发不可收拾，要不是大美爷爷赶来，我们三间茅草屋怕是不保了。

我刚发蒙时，对写字开始狂热，看到报纸上刊登的插图，剪下来临摹收集。有一次，父亲见我临的“人民日报”四字，不敢相信。后来买来红纸，让我写对子，我看到了不识字的父亲那喜滋滋的笑。

后来哥哥开始做代课老师，姐姐学裁缝，我在县城，父亲开了打米铺，妈妈开了个经销店，日子渐渐好起来。那时，只见父亲每天从打米铺回来，一身被糠灰包裹，用毛巾前后打两下，然后上母亲的经销店酒坛里打上二两，拖把椅子门口一坐，嗞地一抿，望向远处，一脸舒快，似乎在说：终于熬出头了。

小時候，我看過此生僅一
次一場皮影戲。那天晚
上，秦香蓮，元久叔才瞧
那兄妹仨，深一腳淺一腳
來到金塔鎮，沿途經
二人宗，祇有甘低泥
狗以叶，終呼滿面風，
危險關頭，祇見天敬一個
好身，惡狗便分不向逃去。
此西一鼓。

待托戲場已是人山人海，祇見人頭不見影。
息惰擁擠後場，掀開幕布，窺見熱火
朝天的挂燈下，宋樂手、老漢絲弦鋼
青，而内的，如琴般如夢般依依呀呀。

散場歸來，我一個字也
沒記憶。
在縣城萬陽山第
找到紫家作皮影
團，老何為團長，老婆姨
姑為團員，
大概已去，消亡四日人屋
千年了。

皮影戏

黏稠的黄泪

谁承想，年富力强的父亲没过上两年的幸福生活便离开了我们。

那是大年初一的早上，有邻家老人过世周年，村人都去他家吃饭，叫拜新龄。父亲多喝了几杯，回家就开始头疼，平时他也常头疼，并没当回事。郎中来过，拍着胸脯打包票说：感冒，死了我赔了。

不两天，父亲便昏迷不醒。村人又用把竹椅将其抬到金荷一位见过世面的郎中那里，那个郎中说：蛛网膜出血。用药后见好，父亲欣慰地摸了摸我的头，有了笑容，于是坐起来啃甘蔗，本还脆弱的出血处大概受了震动再次出血，这下彻底昏迷，又急忙送往涔南农场医院。途中父亲鼾声大作，哥哥大呼“爸爸、爸爸”，他已无力睁开双眼，只是使劲地握着哥哥的手，顺着脸颊淌下一行黏稠的黄泪。到了医院，就再没醒来过，两天后我们跪送他离开了人世。

那年，他四十一岁。

父親在諸行以一肩秋網的黃昏後便離開了我們。他走那年我才只有十六歲。若不太記得，但在父親的出殯。『歷』后面人村里的人一只合一只，一合好十二，合一只里人心早就的父親，每扎把他，便今不得現在個畫面，一個是在小時子的裝們罩一襲，洪水沖毀了西東的路，他來以牙好我，家中的鏡是如圖中的蓑衣，背著我踏過泥濘。這的累深刻了一段，來於今鋤忘留了他的蓑我扁棒扛了的感覺是比海情了。還有一個是一個不背亏的晚上，他為了我陪他辦喪了徽的揉筆，采，苦痛從我講究坡了，蠟是毛骨悚然，從此便沒有人問底。父親留給我的出土，此刻在我心裏，他說是一個天才小說家。而今我已落拓，他也生活了四十多年的足跡土地上。雖已在這再度了我夜夢，這本書也，但我在我作家以此時此刻，在閣樓的西窗息不意之，我知道，他在看著我，聽說若而我們合上家，以我為他添了孫子，我想他也一定很大。

蓑笠翁

丧事

在农村，夜深人静时，常常能听到或远或近的打丧鼓的吟唱。丧鼓，就是有人过世，艺人来说书，乡人傍晚便三三两两前往听书。主人为了给亡灵办个热闹丧事，大多为来听书者发包方便面、一包烟，要不后半夜便没人陪守夜了。我媳妇戏称，今夜又有打击乐。在乡下，隔三岔五就听闻这个老死了那个老死了。

乡下仍旧继续着入土为安的习俗。老人在六十岁后便自己备好棺木、装老衣、寿像，天天面对，等着大限降临，无悲无喜。落气后入棺，头朝南，棺木下面燃两根蜡烛，摆上一双鞋。寿像摆在花圈中间供吊唁者跪送，死者后人跟着一起回跪拜礼，有真伤心大哭者，有哀伤无泪者，有假哭做戏者，有喜笑颜开者。娃娃们则什么也不知道，跟着一起熬夜凑热闹。

小时候我们常跟随送葬大队伍前行，翻过一个个山岗，见吹拉弹唱好玩，寻觅到些鞭炮揣口袋里，等遇牛粪，将鞭炮插入牛粪，“嘭”的一声，来不及躲的小子往往被崩一身，也有侧脸探燃没燃被崩一脸的。

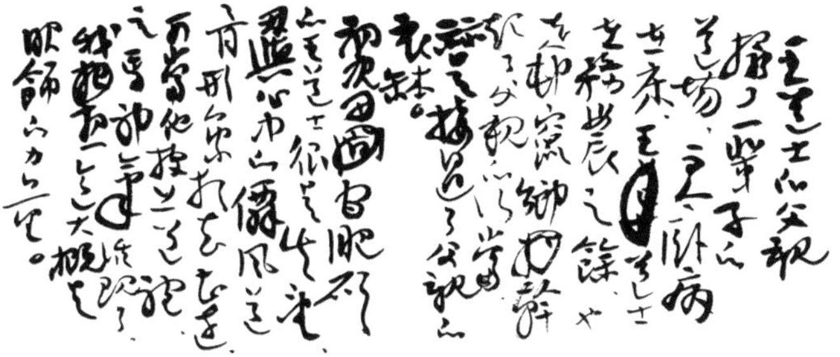

王道士

大地上的欢乐

大地上永远不缺少娱乐。一年大雪冰冻天，待父亲好不容易把大门打开，门前大堰结成了一面大镜子，冻得一个个直哆嗦。但没有什么困难可以阻挡村子里的娃娃们，他们都来了，一会儿滑到这边，一会儿滑到那边。不知谁把牛儿都牵了进去，真是一场狂欢的冰面派对。正好赶上过年，大人用二指锄费劲地凿开一个洞，抬来抽水机，抽干里头的水，大家又光脚去捉鱼。这是春节前公家给每家农户的一点红利，一家一小堆，兴高采烈地拖回家过年。

除了自主研发的娱乐外也有电影、皮影戏、玩竹马马[6]、打大鼓的、耍狮子的、打鱼鼓筒的等等。那时的电影都是胶片的，一套片子，两个地方同时播放，于是就有一个人骑单车来回送片，常常上一卷播完了，下一卷还未到。

隔壁元久叔大我们几岁，是我们的孩子王，这村那村有电影，他一定带我们一起去的。于是自己背条板凳深一脚浅一脚，一走数里去看《小兵张嘎》《地道战》什么的。一次，经一农户家，只听一恶狗呼啸而至，心想这回完了。就在这关键时刻，元久叔不紧不慢就地一蹲，那恶狗立马后退数米。原来狗儿都怕你用石头砸它的，待真砸过去，它又期待你扔的是肉包子，于是奔着石头包子而去，如此往复，待离开它的管辖范围，也就汪汪两声作罢，好像为了告诉主人它尽责了。

无久我是乙我的邻居，他是我们的孩子了。常我们都有一些钱，没钱，钱，菜人家的狗都吃了。他的那点本事不少，天理一次了，他领我去了林野，也就只是我妈的心那个邮子。他把了先备好的常老鼠菜的饭团，拿向冲我们叫出心思狗了，问去，安静了，睡那一天，饭团抱了三个。我们地方猫那来，帮我劝静，待到那可源，那人都坐睡，我那有都待着以保险其后，准备的样我和点休息了回去了来赚。

无久我是人都已是六十的人了，我有了长发的他的架饭，我给他理了发，落了人家多的许多狗，他学了不苦，就了谈过去日子长，是自己就不不说的，我长得的是过去千罗到我的睡眠。

自从我安了以后的是张嫱，没便改那就走了，做了理发师，直到现在。我在新居时，无冬为帮我守那，我去说没出力不的。

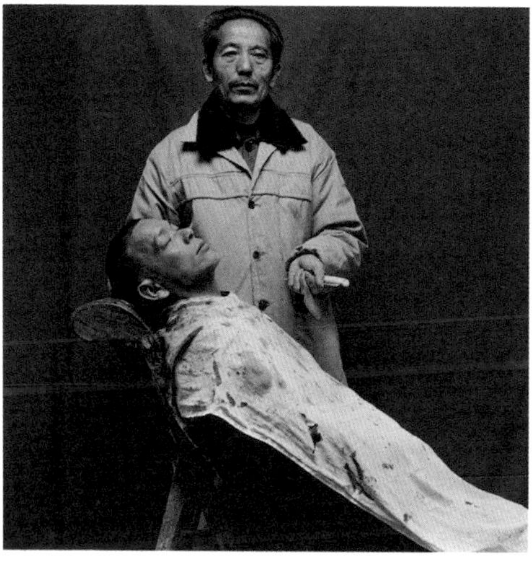

捉鱼去

村里，快乐的事很多，捉鱼当然也是。稻田的水沟里，常有鲤鱼鲫鱼停在沟里愣神，大概它也不知怎么就游到这里来了。于是光脚悄声下去，猛地一按，与其搏斗一番，鱼儿挣扎起来劲儿很大，并不是每次都能得手，要是一把把它按到泥巴里就基本到手了，用食指往它嘴里一抠，妥了。

涨水季节，在田埂与池塘流水处，上水的鱼儿成群结队，欢实得很，随便就能捉到几条。也常在放学后刷叼子[7]，鱼竿是自家竹子，钩是母亲的针，烧红了一弯便成；浮漂是长鸡毛根切成一小段一小段的，往线上一穿，再挖上两条蚯蚓，便大功告成。不一会儿，便可刷上一碗。母亲也高兴，也算有碗荤了，还留些第二天给我包饭到学校吃。

最不济，在吃完饭去池塘洗筲箕时，筲箕上的饭粒引得小鱼儿一群一群地过来找吃的，于是将筲箕沉入水面，待鱼儿游过来觅食，将筲箕往上一抬，总有逃不掉的，不一会儿就又有一碗菜。

城裏小孩是不知道這個竹編小簍的作用的。那是他們用來捕魚的，但究竟捕甚麼魚，它只是不曉得的。這種小簍叫節母的小青蛙、因為這種叫節母的小魚兒們，以前青蛙沒有在有水的小溝。早上埋在小溪裏，用青草等蓋住後，捷起是為了防止被路人發現拾了便宜。小魚進了籠便不能出，一般數小時便有收穫。

數小時就將簍子有很多種，還有用來捕鱔魚的。當、鱔魚很難捕甚不。待有收穫時便把網，待把小魚收穫的小魚交給母親，一般鱔魚拿到市場上去賣，換點零錢，小魚則煮完了飯，下午到學校去。

背簍少年

奶奶

发蒙前的事我几乎都忘了。

我的亲奶奶住在西头的顺林驿，奶奶在爷爷二十六岁意外去世后就下堂嫁给了陆姓爷爷。陆姓爷爷是抗美援朝的战士，人憨厚，待我们兄妹三个也好。我们也视他为亲爷爷一般。

在那个重男轻女观念极重的年代，奶奶不带着儿子，而是领着女儿改嫁，我想也是另有原因，长辈的事，我不便揣测的。奶奶不像外婆那么纵容我，我有些怕她的。

一次，表妹还在摇窝里，奶奶交代我把表妹晃睡。她去堰里摆衣[8]。待她走后，我便拿表妹的摇窝荡秋千，悠大了，把表妹反扣在了摇窝下，我也小，无力扶起，待奶奶赶来，不容分说，两个大嘴巴。好在，表妹包裹得多，未有受伤。

不过，也有一次温暖的记忆：我肚痛，她来看我，抱着我坐在床头，一边晃一边哼哼小调。

祖泽姨，是我小学同学小久的母亲。也是我母亲的好朋友。她丈夫，也是我父亲生前好友。小时候，我常去她家玩。她家住陈家湾，一面是李封林中。春天来时，很是好看。

有冬天我也爹，母亲使唤我去叫他爹吃饭，他们在可去院子里，父亲和爹、与女孟一起：唤，吃饭了。

这一直今都不来，因后来我祖泽姨说，我们已经有了孩子，才很容易孩子出户了。

现在搬到马路边已经结合起，怀七七十来了。

春节前夕，孩子前面为我打了一次糍粑，孩子挂在糍粑很好看，大人小一们楼团子就出来小的。

持掉噶的祖泽姨

大姑婆

东边宗堡村住着大姑婆，她对我极好的，所以我常去混饭吃。

大姑婆曾是一个土匪头子的女人。土匪常年在外，待她也不错。一日，土匪头子回来，大姑婆给男人杀了只鸭，觉得鸭头无肉，大姑婆便自己吃了。

夜深，婆婆把她叫到一边说："孩儿，你怎么可以吃你男人的鸭头呢？你知道吃这鸭头的后果吗？你男人是土匪头子，鸭头只有他可以吃。土匪窝里要是谁敢吃意味着谁要反他，要么决斗要么被处死。孩儿，你赶紧跑吧，跑得越远越好，要不你活不过今晚的，这点银子你拿好了，赶紧趁你男人酣睡跑吧。"

大姑婆就摸黑一直往南跑，后来嫁到了宗堡村。

小時候過年、大人們忙拜年。過年不像市好耍、不用上課、要看要玩、上了黑還有耍龍燈、唱花姑兒戲。小時候老追到陰陽先生家山聽和尚鑼鼓響、但不知子弟們表演、那里邊鑼鼓響、總看追趕、柳山戲當台領、不知疲倦。

上圖角色是花姑兒戲中的蚌殼精。

蚌壳精

外婆家

外公外婆一辈子打鱼为生，大多时间是在船上度过。寒暑假去他们家要徒行一二十里路，沿涔河大堤行，风景如画，累也便忘了。

外公见我就亲，用他那尖若钢针的胡子扎我的脸。在外婆家，最兴奋的莫过跟外公出去打鱼。我拎着一个桶跟着，外公厉害，没有空手回的时候。外公是村里的文化人，写一手好字，也是十足的硬汉。舅舅打架出了名的，也写一手好字，还是全乡唯一的大学生。外婆菜园里有好吃的香瓜和红灿灿的西红柿。从外婆家后院向远处望去，能看到来回奔驰的东方红拖拉机，对山里娃娃来说，没什么比这更令人激动的了。

在外婆家我可以为所欲为。一次在外用竹竿捅马蜂窝，马蜂报复心极强，一直追着我跑回家，硬是照着我右耳狠狠地注入它那一针毒液。一连数日，我挂着像八戒一样的大耳朵在村里晃，遭人调笑。

又一次，外婆跟外公说："屋里筷子怎么越来越少了？"外公不解，唯有我装糊涂。后来隔壁老太太气呼呼过来告状，说她家的冬瓜北瓜[9]明明长得好好的，这两天全都烂趴下了，翻开一看才明白，每个瓜肚子下都插了一根筷子。坏事一定都是我干的，真相大白，外婆连忙跟人赔不是。

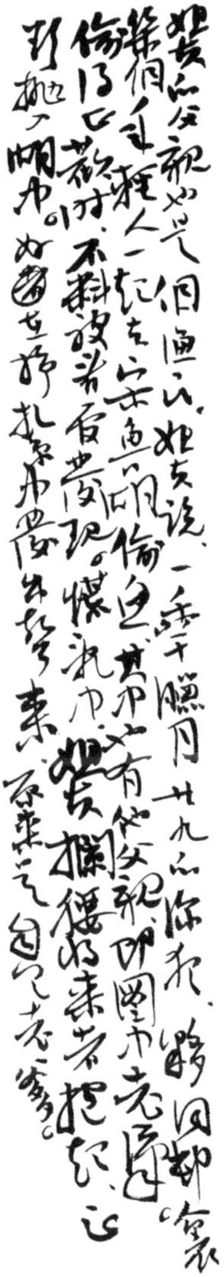

渔民

初恋

在外婆家还发生了一件重要的事。舅舅的干女儿，比我小一岁，就住门前小溪的那头，漂亮极了。我常去，她常来。又白净又没鼻涕，这是我儿时给她的赞誉。为她缠毛线、偷香瓜，只要跟她在一起，我便浑身美滋滋的，像小公鸡似的。

一天，外婆叫我吃饭，“天都快黑了，跑哪儿去了?”我却满不在乎地头一扬，“媳妇家去了。”在我心里，她就是我媳妇，谁也别惦记。大概是初中的一个假期，我又来了，她却不在，我问外婆，外婆说她学戏去了，再也不会回来了。那天我发了高烧。外婆懂我，说我是心病。

再次见到她已是二十年后的某一天，她在我哥的诊所打点滴，她试探着小声问：“你是三宝哥吗?”我回头一看，一时，热泪盈眶，她还是那么美。后来，听说她嫁给了一个赌棍，待她一点也不好。有一天，隔壁彭姨跟母亲叹道：“这伢儿，小姐的长相丫鬟的命。”

后来，她只身去了太原。一次，母亲跟我说，她一直管母亲叫妈妈。

[illegible]

戏班的女孩

母亲的这面镜子大概用了四十年。这四十年，她经历了太多事。从朝如青丝到暮成雪。

她能坚持到今天实在不易。

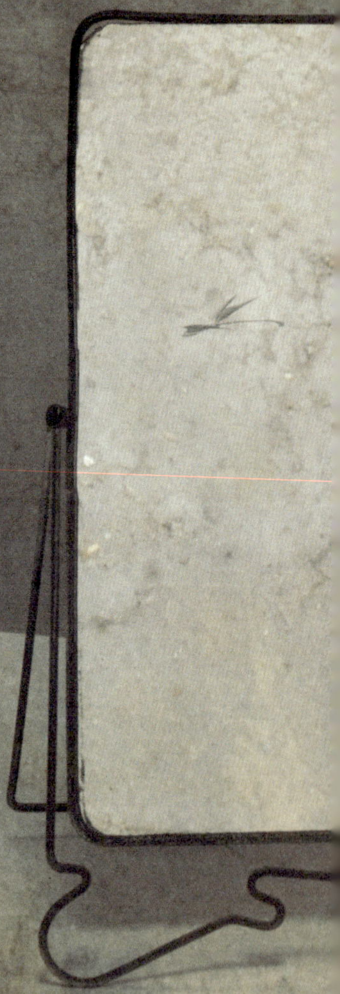

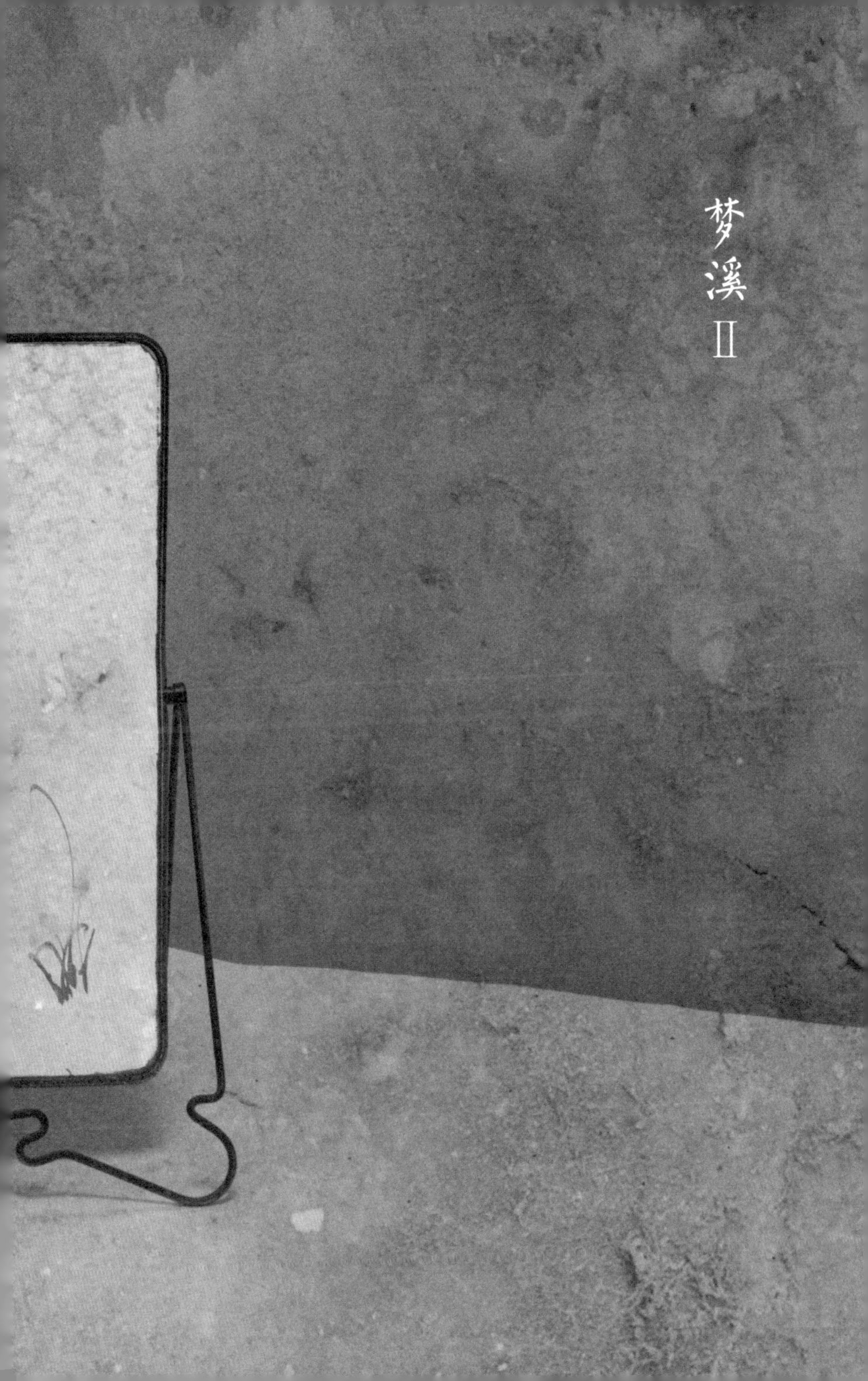

梦溪 II

指腹为婚

母亲嫁到施家时，十八岁，外公家里条件要好些，母亲是坐八抬大轿嫁过来的。邻人都说，嫁给这么个穷人家，被子卷都不用打开。言下之意，可以直接扭头回娘家去了。

父亲母亲的婚事是爷爷外公订的，在过去，婚事基本都是当爹的说了算。外公爷爷是拜把兄弟，酒桌上指腹为婚。过去人守信义，爷爷早逝，这个婚约却是板上钉钉的事，儿女们也觉得是理所当然。于是父亲从几岁开始就每年往来丈母娘家，外公外婆视这个孤儿跟自家孩子一样，父亲母亲也两情相悦。听母亲说，结婚时父亲家就两间歪歪斜斜的茅屋，屋檐下坐着摸子爷爷，连张像样的床都没有，四条腿都是用砖头垫起来的。好在周围都是施家，多少有人打打招呼。

我的记忆里，那茅草屋一下雨就到处漏，洗脸盆、脚盆，摆得满屋都是。晴天了就补一补，隔两年翻新一遍，常常在里头翻出血蛇根[10]。

聽說我的親爺爺力大無比，可惜去
得太早，曾祖伯說，爺爺去世前個
一個人契了一條七斤多
重的鯉魚，回家便發起
病來，相傳被契的鯉
魚是個魚精，故不治。
在我父親還是少年時，就沒了家
父親是在一個叔伯爺爺
手裏長大的，叔伯
爺爺是個瞎子，爺
孫倆相依為命
在我出生
後不久
這個瞎
子爺爺就
去世了。
母親是八檯
大轎嫁到施
家臺來的，那時她十八歲，嫁過來
時，屋前這棵柚子樹還是根小
苗兒，轉眼半個世紀過去了。
老屋

西邊屋裏
堆放的這張犁
是父親在古時
使用過的，
我少年也學
過耕田，祇是
還未得瀝
就輟學了！畫去了
小方盒子是
外公補漁網
時裝線
用的。

犁

兒時就見過這張梯子，最下邊的這個
蹬已就是用鐵絲加固的，蹬上的孤線是幾
代人因蹬出来的，而今被我收藏在儲物
間裏，捨不得再用。

梯子

霸得蛮

母亲要强，她要挣回这口气。

在我记事后，那两间茅草屋已经很像样了，菜园里也干净利落，像个家了。母亲十九岁就有了老大，两年后二丫头出生，接下来就是我。她太累了，生完我，她决定不再要了，当天做完节育手术。那时，有生七八个的，长孙比幺儿大的很普遍。母亲却决定不再生了，原因是生多了养不活，生多了无力供我们念书。她认为，不念书就只能重复他们摸泥巴土块的命。

父亲常年在外，我们仨基本都是母亲带大的。天不亮母亲就为我们做好饭焖在锅里出工干活，大的管小的，中午挖口冷饭吃。母亲天黑累得半死回到家，三个娃娃还嗷嗷待哺，好不容易把我们洗脸洗脚一个个扔床上后，还要摸黑洗衣服，摸菜园，冰天雪地也是如此。村里长辈都拿她教育后生。

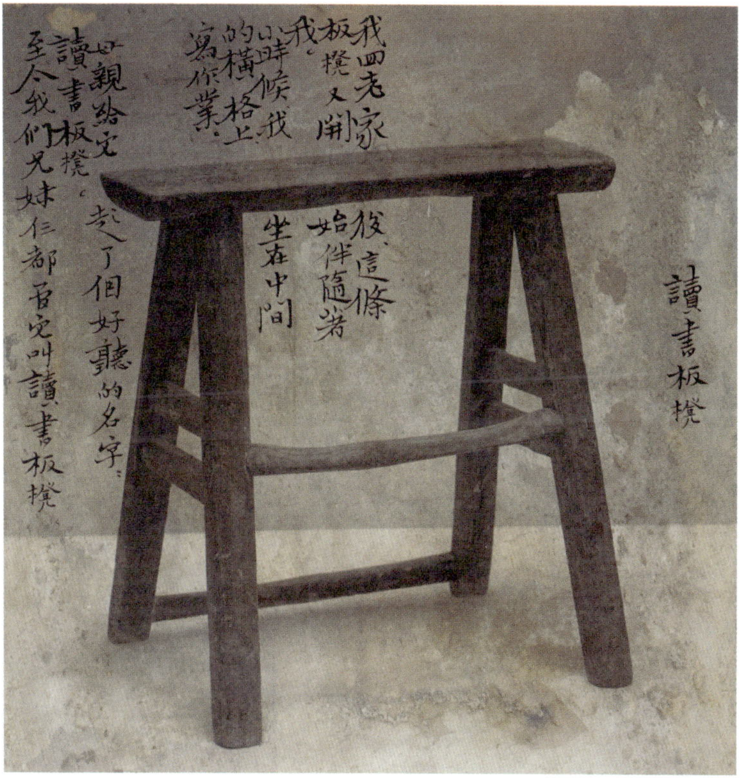

讀書板櫈
我四老家
板櫈又開
我。
小時候我
的橫格上
寫作業。
後、這條
始伴隨著
坐在中間
母親給它
讀書板櫈。
至今我們兄妹仨都管它叫讀書板櫈
起了個好聽的名字，

读书板凳

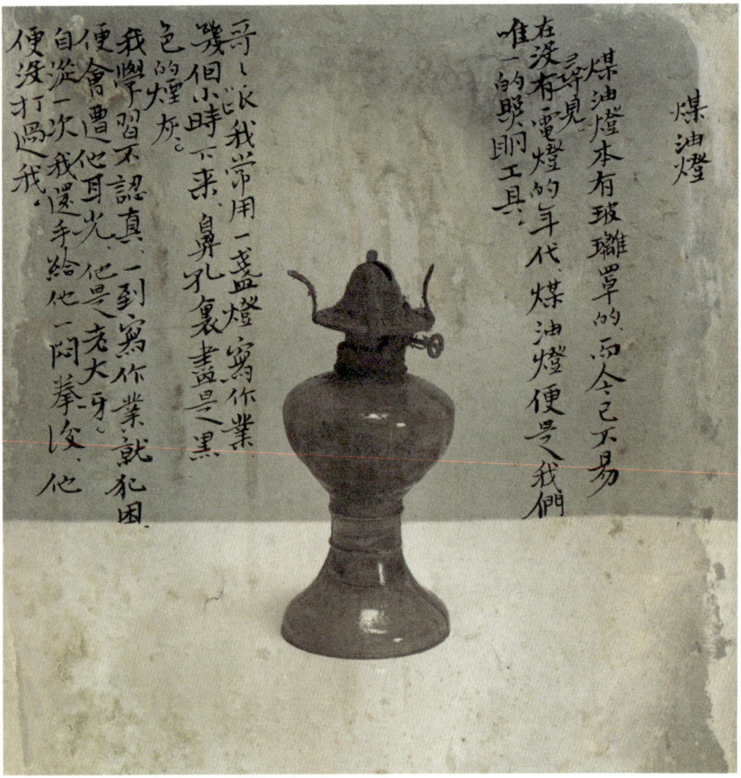
煤油燈
煤油燈本有玻璃罩的、而今已不易
尋見。
在沒有電燈的年代、煤油燈便是我們
唯一的照明工具。
哥哥說我常用一盞燈寫作業
幾個小時下來、鼻孔裏盡是黑
色的煙灰。
我學習不認真、一到寫作業就犯困、
便會遭他耳光、他是老大呀。
自從一次我還手給他一悶拳後、他
便沒打過我。

煤油灯

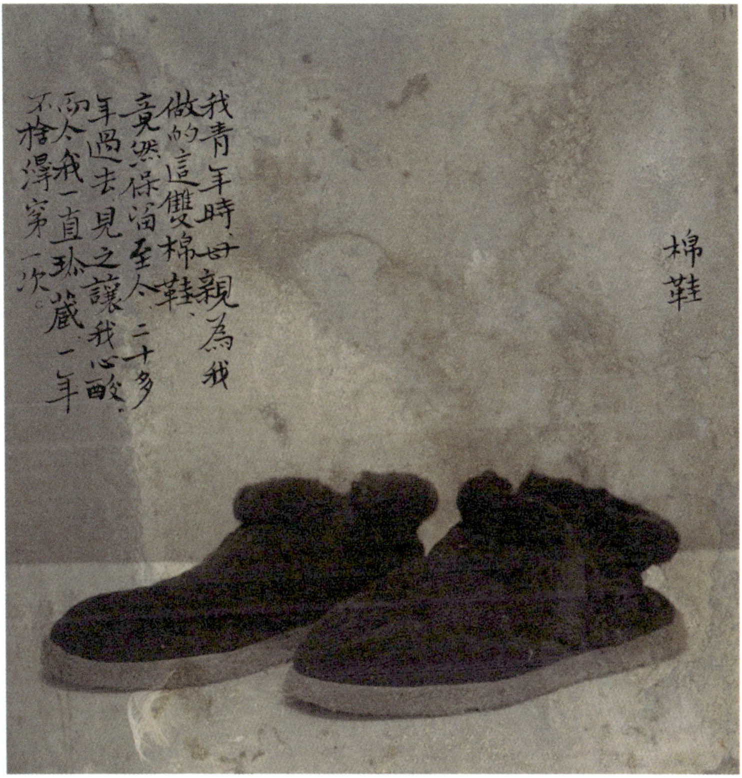

棉鞋

教子有方

经常听到远处传来骂声——“遭乱枪打的”“剁八块的”，这样骂自己儿女的母亲很多。儿女小而多且淘得很，尽添乱，爹妈又忙得前脑壳碰到后脑壳，只好靠如此大骂方才解恨。还有骂自己女儿“遭儿卡死的”“叫驴子入的”。这都是苦难带来的。

父亲极少打骂我们，但他偶一动手，就是狠的。他平日最喜欢的二丫头，因为自由恋爱，被他一篾刀飞过去，擦脸而过。

印象中，母亲对我们从未重言重语过，这是很不容易做到的。母亲是村里唯一念过几年书的女人，也跟随外公见过些世面。父亲希望我们早点长大，好帮他耕田种地。然而母亲则明白，读书才是我们唯一出路。即使在外干了些坏事，她也是轻言细语说我们，让我们明白道理的。

親母親結婚時連張像樣
床都沒有這張六彎床是
結婚多年後才拼
打成的
後來外公中風
癱瘓在床就是
這張床上
生的
若一條
漢就如
受煎
躺在
過餘
我目睹
昔日的硬
此倒下倍

六弯床

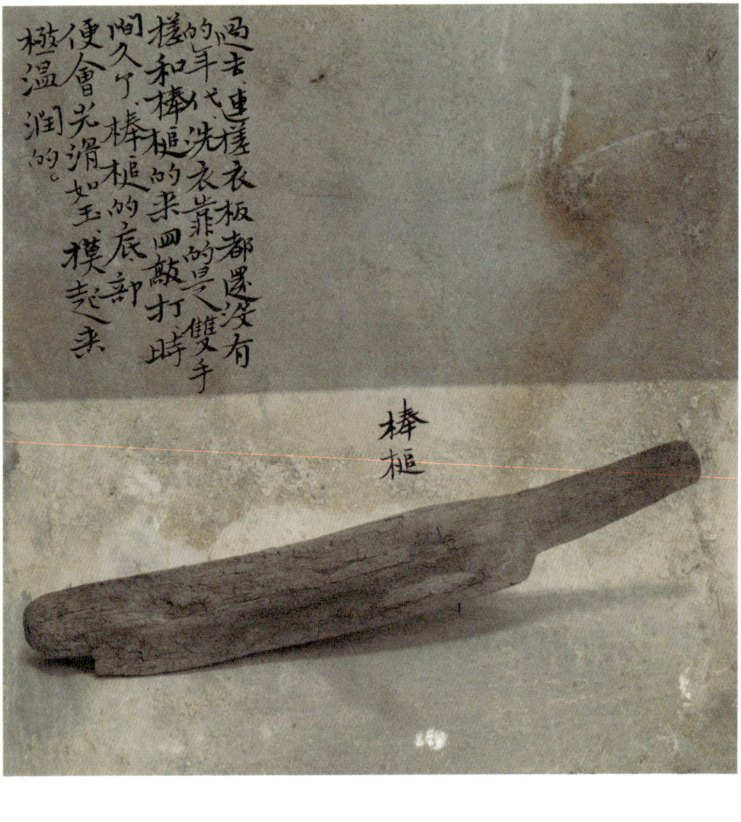
過去,連搓衣板都還沒有
的年代,洗衣靠的是雙手
搓和棒槌的來回敲打。時
間久了,棒槌的底部
便會光滑如玉,摸起來
極溫潤的。
棒槌

棒槌

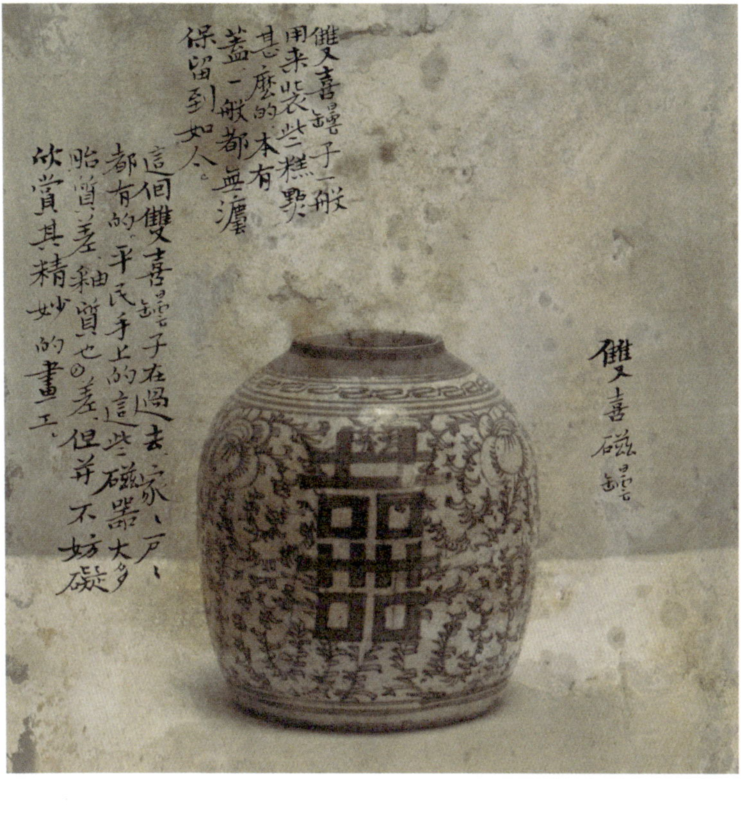
雙喜磁罎
雙喜罎子一般
用来装些糕點
甚麼的本有
蓋一般都無灋
保留到如今。
這個雙喜罎子在過去家家戶戶
都有的。平民手上的這些磁器大多
胎質差，釉質也差，但並不妨礙
欣賞其精妙的畫工。

双喜瓷罐

蚕豆

在我们儿时，爹妈起早贪黑，忙得很。合作化期间，都是记工分的，我们小孩儿也要拾稻子，拾完稻子交到生产队，也能记上两三分。即使这般拼命，也常有饿肚子的时候。

在我刚从城里回老屋的头一年，母亲在后院种了一大片蚕豆，我问她为何种那么多。她说，蚕豆救过她的命。

有一次，距分口粮还有两三天，剩下的那点米就够我们兄妹三个喝粥的，母亲于是连着嚼了三天蚕豆，硬是撑到了发公粮。问她，为何不跟隔壁左右借两升米呢？她说，那个年代，粮食看得比命还重，不好借的，借了也还不起。她又补了一句，那时大美爷爷是队上的保管员，常收手时给我们顺两把米，叫我们一世都要记得他老人家。

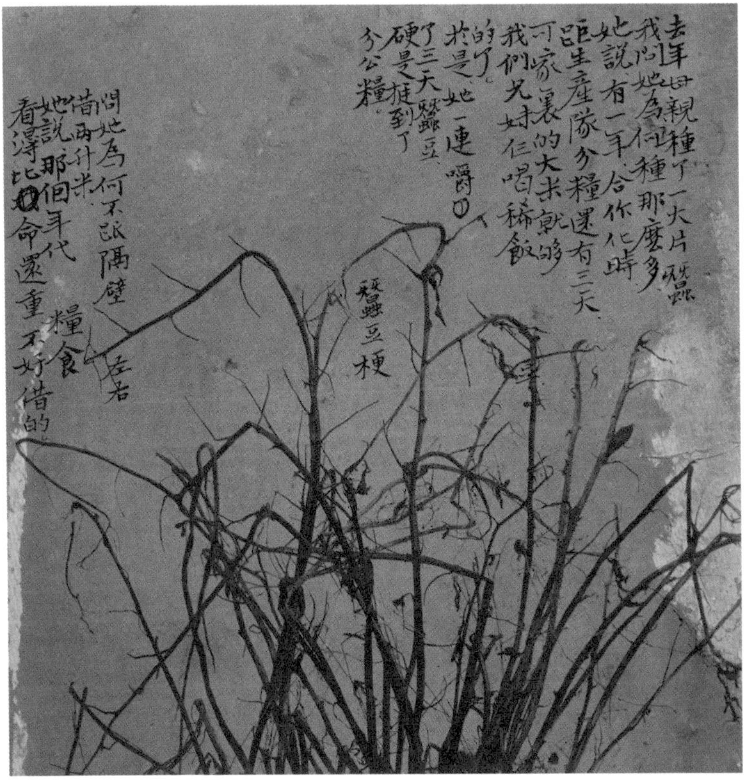
去年母親種了一大片蠶
我問她為何種那麼多
她說有一年合作化時
距生產隊分糧還有三天
可家裏的大米就夠
我們兄妹仨喝稀飯
的了。
於是她一連嚼
了三天蠶豆
硬是挺到了
分公糧。
蠶豆梗
問她為何不跟隔壁左右
借兩升米
糧食
她說那個年代
看得比命還重不好借的

蚕豆梗

母親的大蒜種子

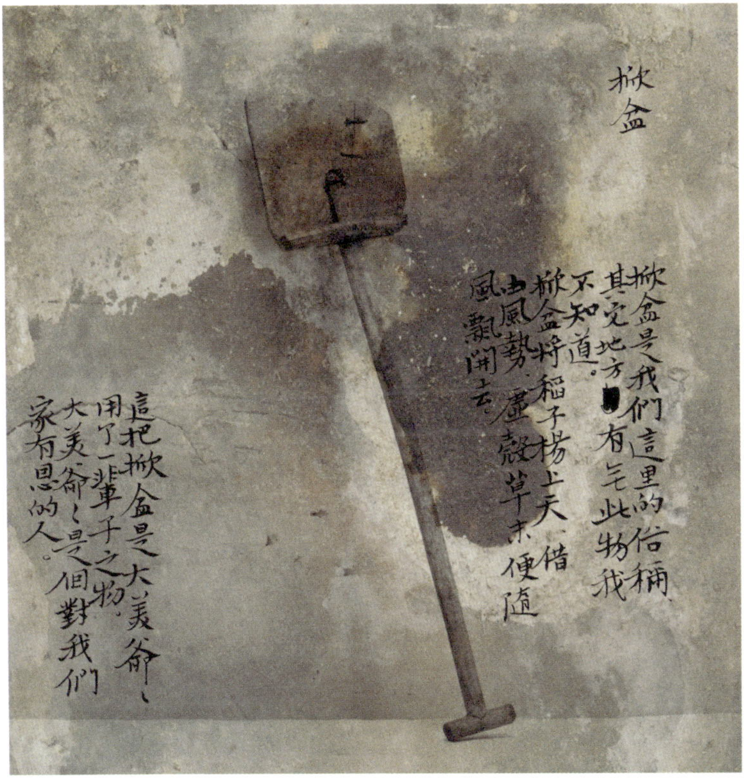
掀盆
掀盆是我們這里的俗稱、
其它地方有无此物我
不知道。
掀盆将稻子楊上天、借
由風勢、虛殼草末便隨
風飄開去。
這把掀盆是大美爺、
用了一輩子之物。
大美爺、是個對我們
家有恩的人。

田埂上

那时，父亲常在外修铁路、水电站。母亲天不亮出工干活，余下我们三个，每天业务也挺满。

早起搓一把脸、晒腌菜、吃饭、包饭上学，放学回来猪儿饿得尖叫，舀两瓢潲水、撒把糠、扔一抱猪草，迅速写完作业，管它对错。接下来的任务就是拖着个淘篓满田埂寻猪草，剁猪草，放牛。

在乡下，所有的小孩子都要干活的。其实这些活一点儿都不累，在广阔的田野间，牛儿一扔，自己吃草去，小朋友就聚一起吹牛皮，或琢磨干点啥坏事。夕阳下，骑在牛背上，倒有战士凯旋的感觉。但有一次把我吓坏了，我的牛去吃池塘里的草，陷入淤泥，好在它反应快，努力挣扎，否则一定酿成大祸。

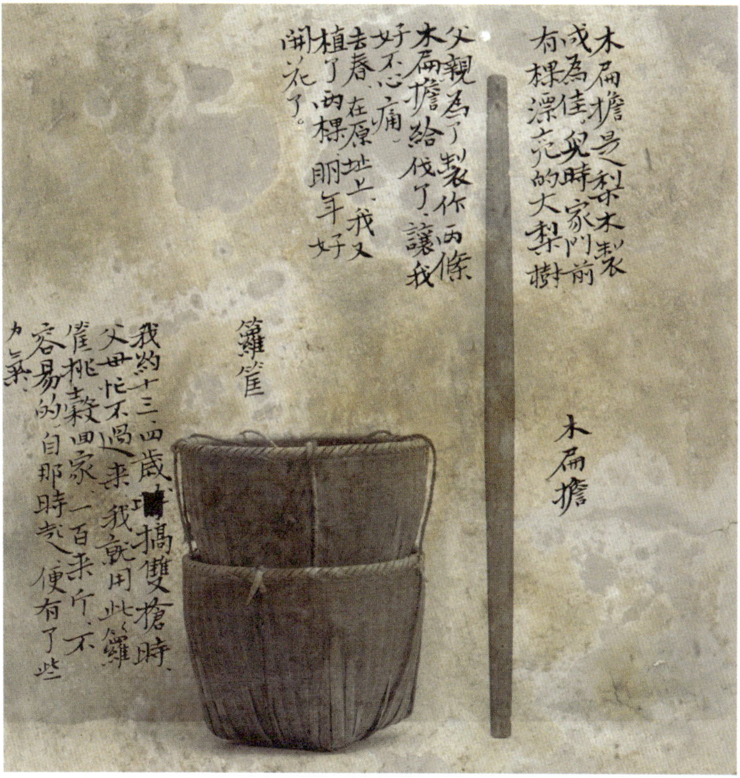
木扁擔是以梨木製
成為佳，兒時家門前
有棵漂亮的大梨樹
父親為了製作兩條
木扁擔給伐了，讓我
好不心痛。
去春，在原址上，我又
植了兩棵，明年好
開花了。
木扁擔
籮筐
我約十三、四歲，[redacted]搞雙搶時，
父母忙不過來，我就用此籮
筐挑穀回家，一百來斤，不
容易的，自那時起，便有了些
力氣。

木扁担

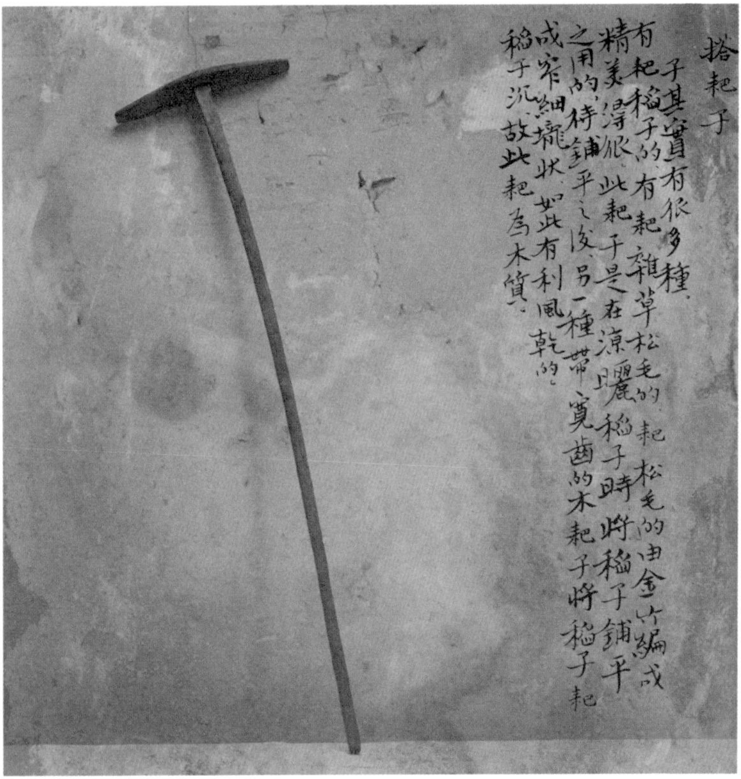
搭耙子
子其實有很多種、
有耙稻子的、有耙雜草松毛的、耙松毛的由金竹編成
精美、得很、此耙子是在涼曬稻子時將稻子鋪平
之用的、待鋪平之後、另一種帶寬齒的木耙子將稻子耙
成窄細壟狀、如此有利風乾的。
稻子沉、故此耙為木質。

搭耙子

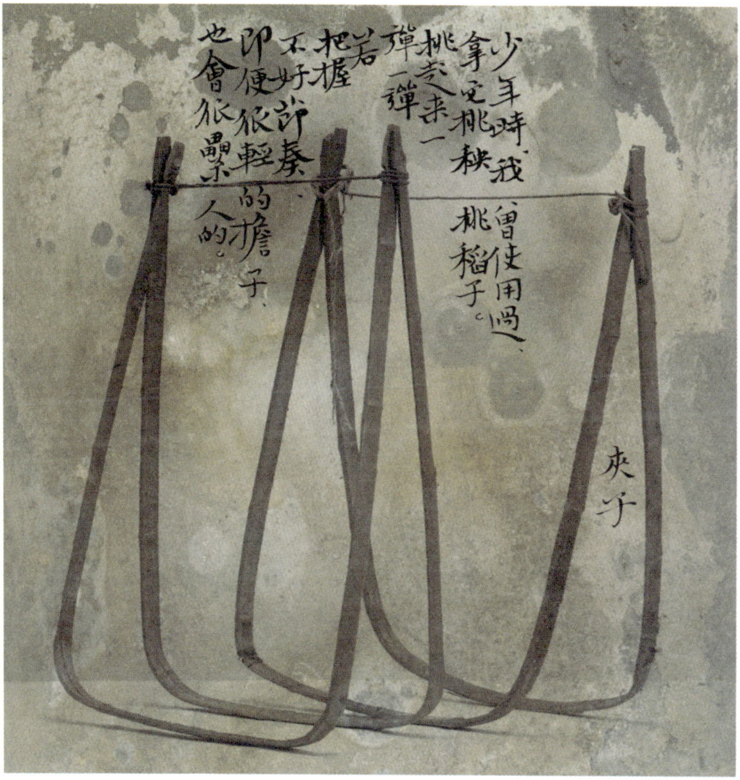

夹子

人鼠大战

在乡下，每天都面临人鼠大战。那时的谷子都是堆在墙角或是木头打的大柜子里，没几天这里嗑个洞，那里嗑个洞，就算是养两只猫也抵挡不了与日俱增的老鼠。秋收时，满屋都是稻子，老鼠一只只养得肥硕，就算你靠近它，跟它对视，它也并不让一步的。

老鼠不仅偷粮吃，还常常在床上做窝。有天夜里，一翻身，碰到一堆肉乎乎的东西在蠕动，手探过去，原来是一窝刚出生的小鼠崽。也时有大鼠从脸上跃过，全当我的脸为它的跳台。

一次，母亲收拾碗筷，见碗柜里有大鼠一只。以母亲性格，怎能放过？于是徒手擒之，几番搏斗，只见母亲满手是血，死掐着一只如小猫般大小的老鼠。老鼠仍旧疯狂撕咬母亲虎口、手指，母亲使劲将其砸向门口的石头上，老鼠毙命。后来母亲手指烂了，发炎感染了很久。当时好替她担心。

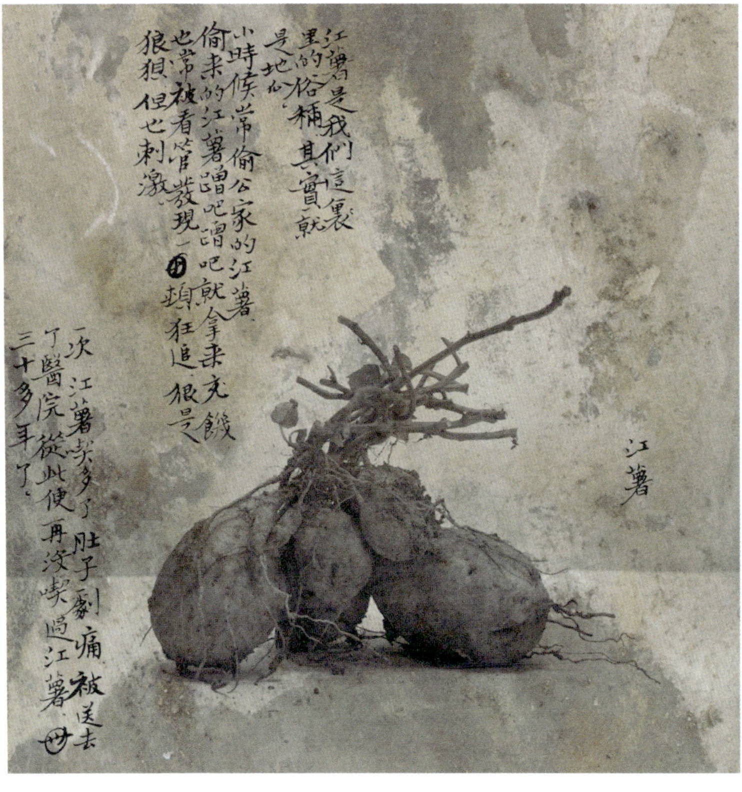
江薯
江薯是我們這裏
里的俗稱其實就
是地瓜
小時候常偷偷公家的江薯
偷来的江薯蹭吧蹭吧就拿来充饑
也常被看管發現一頓狂追很是
狼狽但也刺激
一次江薯喫多了肚子劇痛被送去
了醫院從此便再沒喫過江薯
三十多年了

江薯

我依稀記得我們家還是土磚屋時
屋檐下就種有一排如這般大小的
椿樹苗
後來在一張渴別了廿十八年的全
家福上得到證實。
在我新屋建成後光銀叔問我為何種
那麼些椿樹苗兒 我知道說與他聽
他也不理解的。
椿樹

椿树

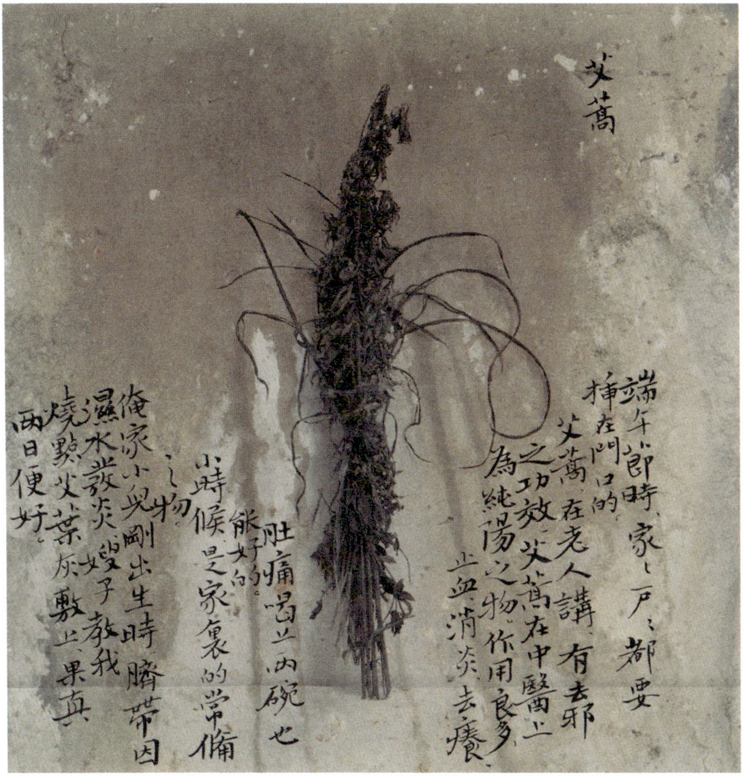
艾蒿
端午節時，家家戶戶都要
插在門口的
艾蒿，在老人講，有去邪
之功效。艾蒿在中醫上
為純陽之物，作用良多，
止血、消炎、去癢、
肚痛喝上兩碗也
能好的。
小時候是家裏的常備
之物。
俺家小兒剛出生時臍帶因
濕水發炎，嫂子教我
燒點艾葉灰敷上，果真
兩日便好。

艾蒿

稻香

村里终于买了一辆手扶拖拉机，我们这里称扬杈把，所有孩子大人都出来迎接，小孩儿跟在后面追。手扶拖拉机除了拉粮食、石头、沙之外，双抢时，还有个功能，拉着石磙碾稻子脱粒。我们小朋友就都爬上车斗迎着新割的稻子的芬芳，跟着无休止地转圈，嗨得不行。突然，五毛跟我说了句悄悄话：你发现没？你把一只脚踏到扶手上，蛋蛋嘀里当啷地跟着抖。咦，果然！

车子飞速转圈，石磙拖在后面跟着飞速滚动。一次一个女娃娃从车上跌落，石磙直接从她身上碾过，我们都傻眼了。神奇的是，石磙从她身上弹了过去，她跟没事似的站了起来。我也经历过类似的险情，一次父亲耙地，他使牛，我站在耙子上。我人小，太轻，不慎一头栽进耙前，整个人如同落入鳄鱼口中，二十几根铁齿从我脸上、脖子上、身上、腿上像破土块一样划了过去，我竟然毫发未损。

关于死的体验，在那个年代是再平常不过的事，大人太忙，能活下来的都是死过好几回的。

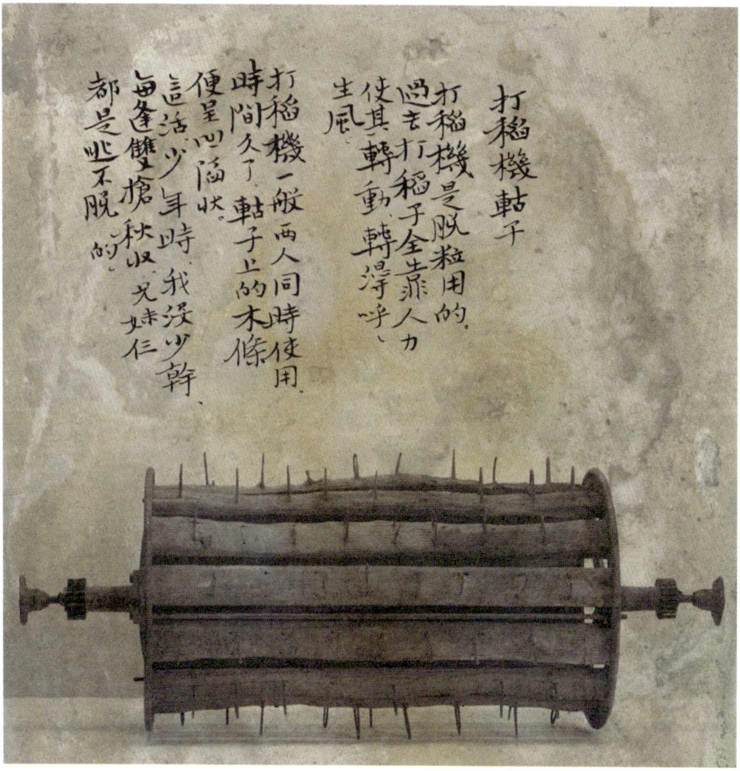

打稻機軲子
打稻機是脫粒用的、
過去打稻子全靠人力
使其轉動、轉得呼、
生風。
打稻機一般兩人同時使用、
時間久了、軲子上的木條
便呈凹陷狀。
這活少年時、我没少幹、
每逢雙搶秋收、兄妹仨
都是此不脫的。

打稻机轱子

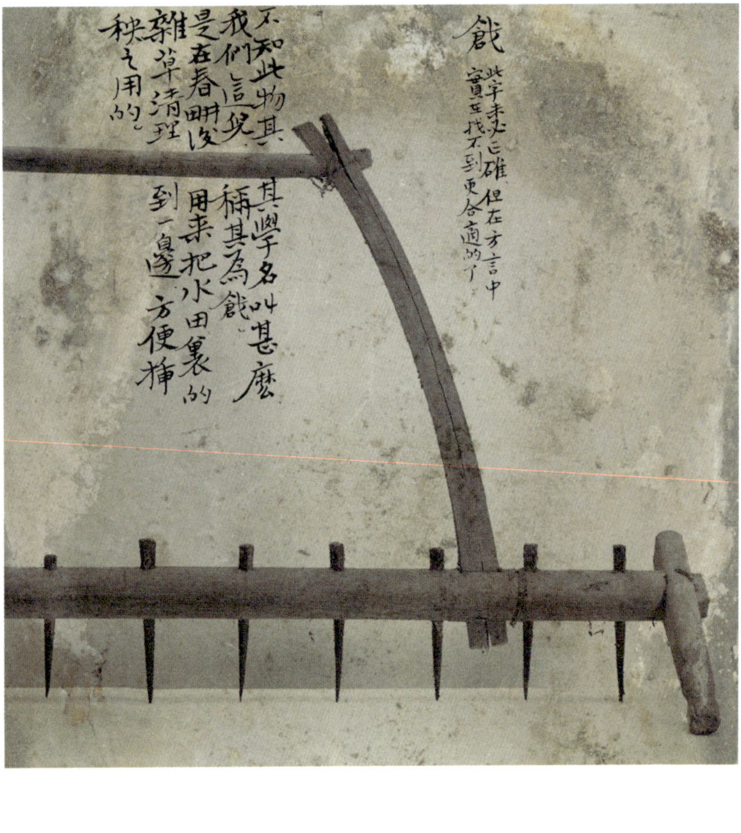
戧
此字未必正確，但在方言中實在找不到更合適的了
不知此物其學名叫甚麼
我們這兒稱其為戧
是在春耕後用來把水田裏的
雜草清理到一邊方便插
秧之用的

戗

鷄公車
鷄公車大概是
因其形如鷄公而得
名，此鷄公車是
大美爺之遺物
此車古瀍製成雖已
殘破但其風骨仍在
鷄公車設計極爲合理
大小軲轆各一，遇小溝坎時
前面小軲轆先過，然後
一槿把手大軲轆也就順勢
過去了。
合作化時，需交公糧，父親都是用鷄公車將稲
子送到十多公里的元家港，大堤上人山人海，
驗收人員可囂張得很，收不收全由他們心情決定。
如此古瀍
製成的鷄
公車十里八
鄉都已不易尋
得

鸡公车

老母亲

母亲是个行动力极强的人，吃得苦，霸得蛮。而今七十多了，只要她想做的，一定要做到。这样的人能成事，她要是生在现在这个年代，一定不是一般人。

那时她总要去镇上开会，天不亮就走了，也只能靠走，来回一二十公里。开会有两块钱伙食补贴，她一定是捏着给我们买本子、笔，或攒够了买几尺布缝衣服。刚改革开放，她在山丘下一个丁字路口盖了三间屋，开了家小经销店，货都得自己骑自行车去梦溪镇上或远天河驮回来。晴天，大车一过，尘土飞扬，看不到鼻子眼睛。下雨天，车被泥卡得死死的。

母亲的付出使得家里成了第一批万元户，前景一片广阔。父亲突然离去，对一个年仅四十的女人，以及对一个家的打击可以想见，好在我们都勉强可自食其力了。

父亲许诺过，等外公外婆老了接他们过来一起住。外公外婆来了。他们来，纯粹是看母亲可怜，一个女人家，没有帮手。一家六口，她拿粗把细。没两年，进城。艰苦鏖战数年，帮着老大搞后勤带孙子，终于把自己熬老了。

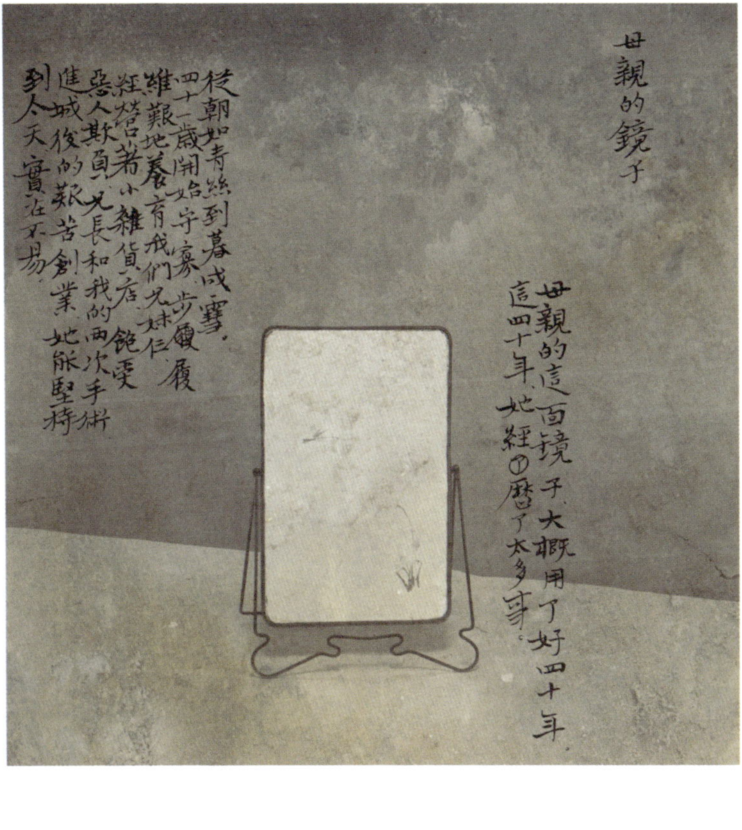
母親的鏡子
從朝如青絲到暮成雪，
四十一歲開始守寡，步履
維艱地養育我們兄妹仨，
經營著小雜貨店，飽受
惡人欺負，兄長和我的兩次手術
進城後的艱苦創業，她能堅持
到今天，實在不易。
母親的這面鏡子，大概用了好四十年，
這四十年，她經歷了太多事。

母亲的镜子

外公外婆留下
的兩條木板攬
上滿是塵埃
每每看到它們
就會想起我
的這兩位親人
好在他們就安
葬在我院子的
橘林裏每日
都可以相見。

木板凳

畫有蘭草
的綠釉大缸，是
外公外婆從喜家巷
搬来時一并搬来的。
雖已殘破、
但依舊不
失其貴。
外婆祖上是
大戶人家。
一般人家是用
不起這麼
漂亮的
缸的。
而今，這口缸
經我脩復後
被我放在
回廊裏養
起了睡蓮。

绿釉大缸

混迹津澧

说到父辈，总是很沉重。当然，父亲在的时候，一家人，也常欢快的。有的痛苦，有的苦难，在时间过滤后，会变成美好。

老大并不依恋这块土地。他在这里吃过不少苦，也常有坏心眼的人欺负他，他太文弱，不像我，我野。自我十三岁辍学后，爹妈也不管我的，任由我出去混，于是我寄居在大姨承包的梅家港电影院，随田老师学写字、画电影海报。田老师叫田培渊，矮黑胖，吹拉弹唱、琴棋书画全才，远近闻名。现在想来，他真是个十足的天才，只可惜那个时代，不知埋没了多少天才。

很快，随着电视的普及，电影院解体，大家各奔东西，我一人混迹津澧一带，不时借居各路朋友家。那时只有两个愿望：有口吃的，可以学画画、写字。靠着给单位写标语口号，为人家堂屋画幅迎客松什么的维生，后来得母亲赞助，跟随湖南师大任家臻老师，在他的高考美术学习班学过几天素描。

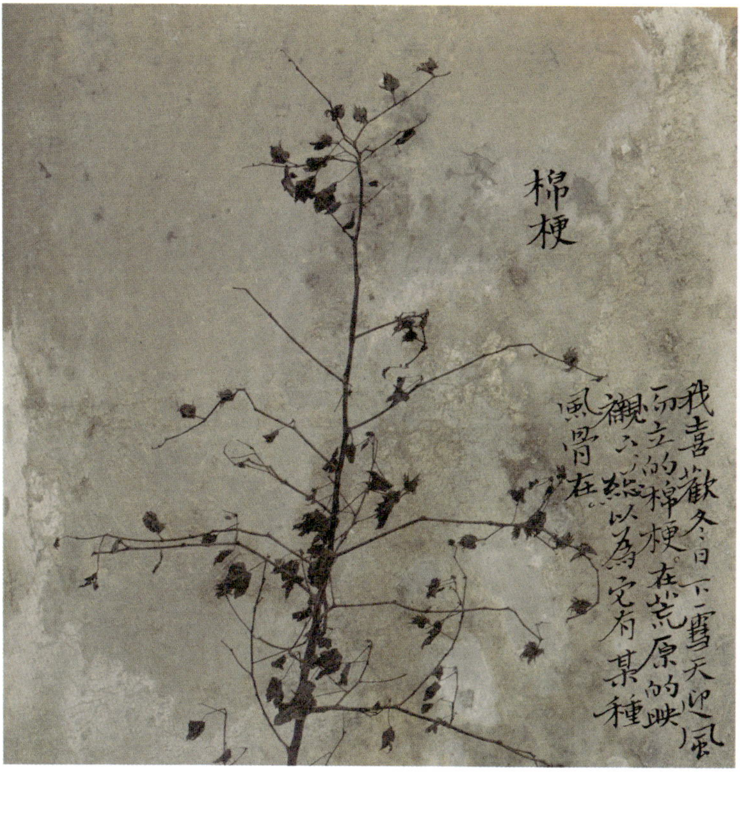
棉梗
我喜歡冬日下雪天迎風而立的棉梗。在荒原的映襯下，總以為它有某種風骨在。

恩遇

那时田老师来到澧县文化馆承包美术部，招我过来做招牌，我很快成了熟练工，有了一口稳定饭吃，结识了文化馆馆长龚老师、文化局赵局长，他们视我如己出。

工作之余，我每天在图书室读书临帖七八个小时，或约几个习字的好友游荡在澧水河两岸。还有位老先生——全修道先生，授过我几节课，老先生是张大千的弟子，写意花鸟功夫不在吴昌硕、齐白石之下。老先生对绘事、诗文、书法的态度令我肃然。我曾随赵局长到过他在兰江公园里二楼的家。除了与画画相关的，再无其他。他似乎也不需要其他。先生无后，一生清苦，凄凉终老。

父亲突然离世。蒙公安局刑侦队丁队长怜悯，招我去公安局出宣传栏，学习指纹鉴定、刑事照相。那段时间我很勤奋，努力工作，表现不错，还立过全市三等功，但背景卑微，终究还是一个临时工。一日，赵局长突然找我，说他有个好友在深圳，需要个写字的。于是在我近二十岁时，便离开故土，过上了浪迹天涯的生活。

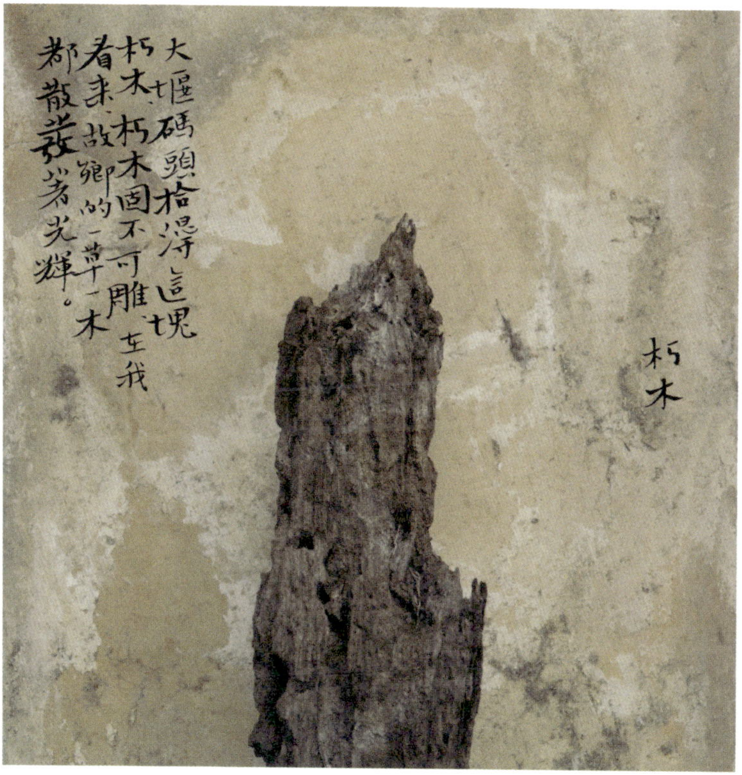

朽木

汇报

老爸，老三我而今都五十了，也算是知天命的年纪了。虽然你不曾享到几天福，可这就是人世。

你那最看不上眼的绣蜈蚣[11]老大，而今最有出息，有了自己的诊所，救过不少人，他从不拍着胸脯给病人打包票。大媳妇人好，是我们一家的楷模，无可挑剔。你的长孙现在在京城打拼，还给你添了重孙，叫堂堂，憨厚可爱还有些贱，两岁了。

姐姐也好，你抱过她的儿子雪阳，你走的那年，你的这个外孙才几个月，现在也有了娃娃，一双儿女，大的六岁叫龙霸，小的四岁叫砣砣。

最不走正道的是我，你走后不久，我就去了深圳，后来又去了大连，这一浪荡就是二十多年。不过现在很好，给您娶了个年轻儿媳妇，待我好。关键还给您添了两个宝贝孙子，大的也是六岁，叫施家台（为什么叫这个名字，你懂的），一年级，性憨，写得一手好字。老二是个丫头，叫爱莲，上中班了，性格敞亮决绝，明儿恐怕是个恶霸丫头。

妈妈老了，七十多了，不像你印象中的英姿飒爽走起路来一阵风的模样了，发福了。她时常说起你，她想你，说你最帅，怕你不记得她了，怕你早就找了女人，嫌弃她这个老妈子了。每年，她都要给你烧去成捆成捆的亿元大钞，收到了吗？

我现在就生活在你住过的地方，你的橘子树由于无人看管都被虫搞死了，对不住你，不过我又种了一批。那棵你小时候种的柚子树还长得好好的，比房子还高了。外公外婆的坟就在院子里，我也能打上招呼的。放心，你好好的，拿着妈妈给你的钱开个银行，等着我们团圆。

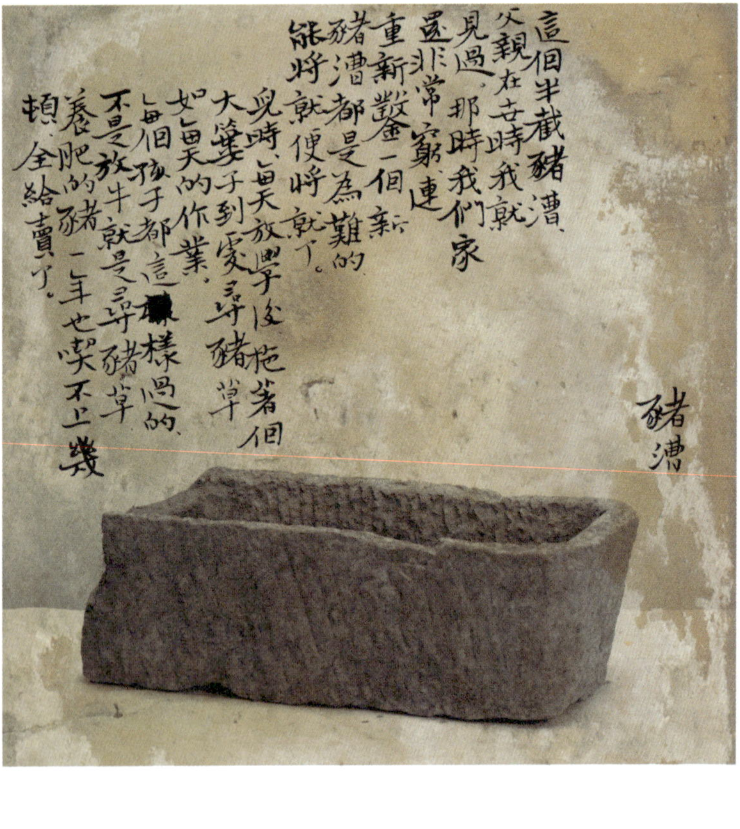
豬漕
這個半截豬漕、
父親在世時我就
見過，那時我們家
還非常窮，連
重新鑿一個新
豬漕都是為難的
能將就便將就了。
兒時，每天放學後拖著個
大筐子到處尋豬草
如每天的作業，
每個孩子都這樣過的、
不是放牛就是尋豬草
養肥的豬一年也喫不上幾
頓，全給賣了。

猪槽

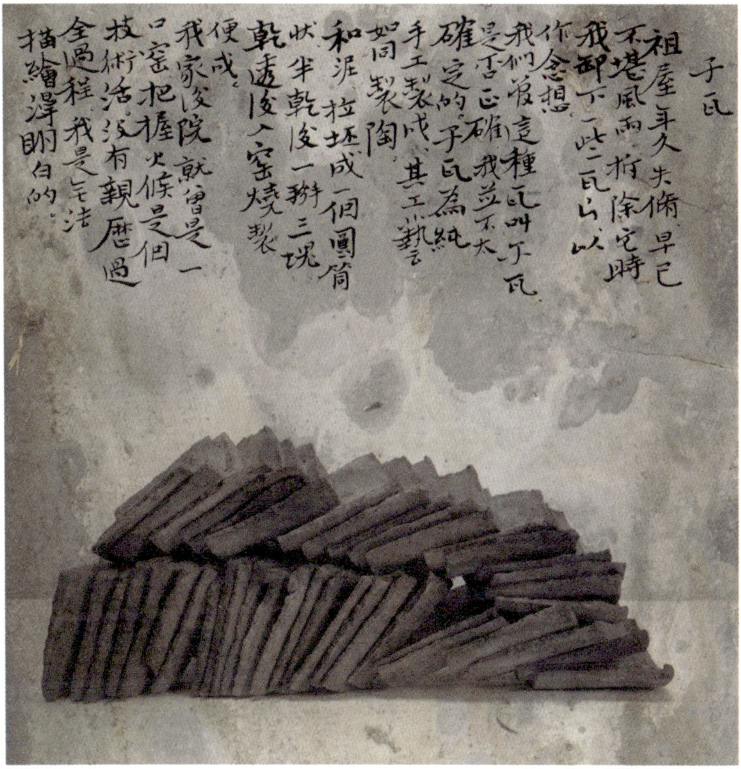
子瓦
祖屋年久失脩，早已
不堪風雨，拆除它時
我卸下一些瓦片以
作念想。
我們管這種瓦叫子瓦，
是否正確我並不太
確定的。子瓦為純
手工製成，其工藝
如同製陶，
和泥拉坯成一個圓筒
狀，半乾後一掰三塊，
乾透後入窯燒製
便成。
我家後院就曾是一
口窯，把握火候是個
技術活。沒有親歷過
全過程，我是無法
描繪得明白的。

子瓦

枷椅
枷椅是供一兩歲小孩坐的。枷椅裏頭的小坐椅是可旋轉的、小家夥坐在裏頭其實、更自由、爹媽也可騰出手來幹耍別的。
這個枷椅是我姐夫兒時坐過的、也就是說這個枷椅少說也有五十年了、而今我兒每天坐著它、每次放進去他都非常開心。

枷椅

方言注释

[1]【下堂】改嫁。

[2]【摸子】即瞎子。

[3]【塌板板住】戛然而止，当即被镇住。

[4]【葩花】即紫云英。

[5]【芭莣】即芭茅，中药名。

[6]【竹马马】地方戏。

[7]【叼子】一种小鱼。

[8]【摆衣】漂洗衣物。

[9]【北瓜】家乡对南瓜的叫法。

[10]【血蛇根】身上有鲜血般色彩的环形花纹的蛇，剧毒。

[11]【绣蜈蚣】指不会干粗活的斯文人。

人完全可以只守着几棵树度过一生。

回到乡下，会呼吸到不一样的空气，
会触摸到露珠，能听取蛙声一片，
能赏竹外桃花三两枝，
能柴门闻犬吠，能体会夜静春山……

梦溪 Ⅲ

再见！再见！

在深圳、大连的二十二年里，从一个狗屁不懂的毛头小子糊里糊涂混到中年，挥霍掉了健康身体，挥霍掉了青春光阴，两手空空。

没有什么值得留恋的，我的魂在那片山丘上，在澧水河。

在那两年我不断往返南北两地，来拍摄我成长之地——梦溪。行走在自己少年走过的路上，我的肢体、我的心情获得了完全的自在，我感觉自己在徒步中、在劳作中获得了救赎。再也不想回到城市。

终于，在一个风雪交加的夜晚，我离开了大连。那是二〇一一年一个大雪的冬夜，我一个人蜷缩在车里，望着路灯下飞舞的雪花，就要作别生活七年的大连，一时，眼前的一切，如梦幻一般。我没有打开暖气，似乎也忘了冷。我就这样一直呆卧着，雪渐渐覆盖了车窗，不再看得见外面的雪飘、车辆和偶尔的行人。

我在等一个并不太熟知的姑娘。她让我在楼下等她。反正我的轮渡要到零点才开，并不急。大概一个时辰过去，她终于下来了，穿着一件黑色呢子大衣，从马路对面朝我走来。她坐在我的车上，一直咳嗽。“我刚做好的饼干，路上饿了垫垫。”我说好。接着，她就一直斜靠在座椅上，闭着眼，一言不发，她似乎睡着了。

我不敢有任何邪恶的想法，但我又如何不去想她？她还年轻，她该嫁个好人家的，像我这么个浪荡的即将离开的落魄男人，怎配？她是干什么的？我是干什么的？我们彼此并不知道。就这样一边看着她，一边浮想联翩。终于，她醒来了。我说，我该走了，我送你到楼下。我们还是没有其他对话，楼下相视数秒，还是什么也说不出。

再见！再见！她回头向楼道走去，就在这一刻，我明白，也许再也见不到她，我叫住她，张开双臂，我拥着她。此生足矣。心里说，好好的，孩子！

零点，我开车登上了去往烟台的轮渡，车上就十几箱书，别无其他。望着渐远的码头，渐远的朋友，有一丝感伤，一丝悲凉。再远，大连变成了一个光点。再远，四周漆黑，只听见轮船的轰鸣和海浪的撞击声，终于，离开了你。

一夜未睡，凌晨三点下船，也无倦意，一路打着口哨，向南，向南。东方的天空，呈现一种清冷的、一拧能出水的宋瓷天青色，和桃子即将成熟时由青转白、尖尖上那一滴血红晕开去的色彩，一丝一丝，千万层，深呼吸，霜满地，霜尽染。

这么多年，久违了，我的大地我的天。请原谅我的迷失。一气开了十九个小时的车。我忘了自己，一心沉醉归途，一心沉醉天地间。

我回到了阔别二十多年的故乡。

小熊饼干

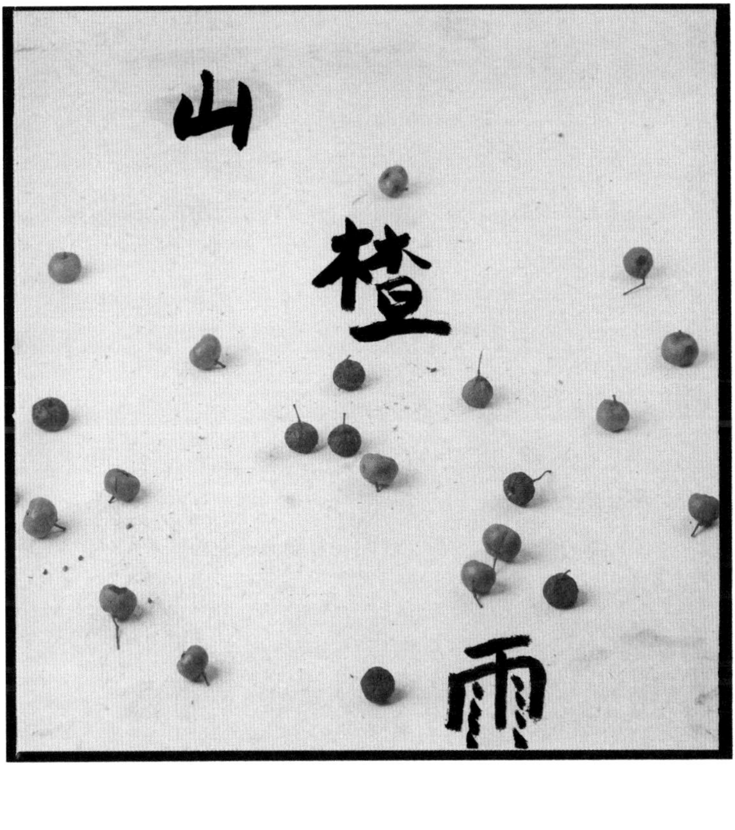
山
楂
雨

富有

在破败的老屋里，我认真清点些有用的跟情感记忆相关的东西：

一张六弯床，就是床周围有六个弯弯的绷子床。所谓绷子，就是用棕绳编制而成的具有弹簧效果的床。而今母亲仍用着。这是他们结婚后好几年才添置的一个大件。

一张窝子床，窝子，就是一个窝的意思，与狗窝无异。围栏也是六个弯，而今放席梦思的地方放上些稻草，稻草上放床垫絮，便成褥子了。

一张方桌，外婆出嫁时的嫁妆礼。胡叔说，就他从艺五十多年的经验，他是打不出来的。虽马蹄脚已腐，可仍旧一身正气。

一张风车，起鼓风机作用的，可将谷子与草末分离。儿时我常爬上爬下的。

一张梯子，已不结实，还能用。一面母亲年轻时使用过的镜子。

一口外婆出嫁时的绿釉大缸，穿了一个洞，釉色厚重。

一口外婆的樟木箱子，没被老鼠嗑过。一对外婆留下的小床头柜，温和讲究。

两块条状混凝土。两扇大门。一块条形鹅卵石。数百片瓦。

没了，好像真的没了。本来还有些的，在外公外婆去世时大家聚在一起取暖给烧了，那时我不在。

每次潜回老屋，我并不招呼邻居，而是悄悄卸门躲在屋内，端看昏暗光线下的这些布满尘埃的角落，呼吸这熟悉的潮湿的味道。屋外满是荒草，只有一条并不明显的小径。前院是父亲在的时候种下的一片橘林，很大了，但因为常年无人照看，都被虫蛀了，无力回天，眼看着一棵棵干枯倒下。后院还是一片荒地，只有东边一块被隔壁种了棉花。再早前，是一片竹林，因为要割掉资本主义的尾巴给伐没了。

我将手头的一组作品所得，在祖屋原址上盖了一幢房子，我完全没考虑家人对我的担忧，因为我盖完房子便又一无所有了。还有久别的乡亲，他们一直以为我早已是巨富。对不起！我辜负了你们。

最起码，浪子还知道回来，哪怕就剩一个躯壳。然而，这一切我都不在乎。因为我很富有，我拥有这片山丘，它能给我一切。

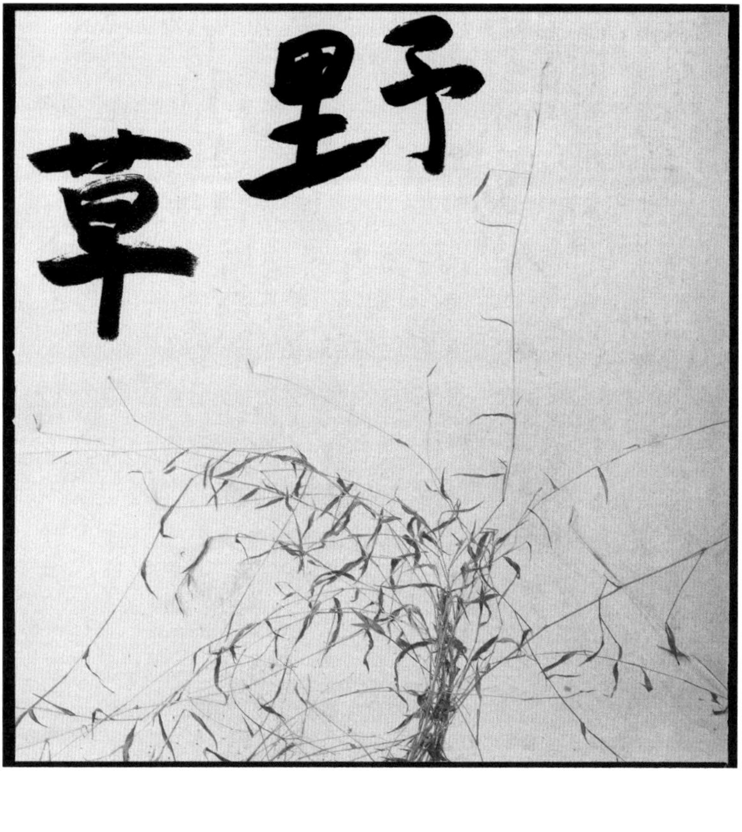
野草

枹子

修行

我自己背水泥，买砖瓦，有了遮风避雨的地方，还有了性能良好的柴火灶台。我开始天天开荒、翻地、植树，还从大马路延伸过来修了一条水泥路直达门口。

我又喊胡叔过来给添置了几件必需品：一张大床，我专享；三个衣柜，三个床头柜，计划哥哥姐姐客房用；两张书案，一张工作用的大桌子，一个书架，七把条凳。

母亲给我送来十几把椅子。我又打了口无烟灶，从铁匠处打了些农具，买了冰箱、洗衣机各一。空调是老大送的。

不管怎么样，又像个人家了。

一个人，铁下心来，打算过着修行生活。想着颜回一箪一饮，想着东坡破灶湿苇，死灰吹不起，我已经太奢侈。执着锄头，望着朝阳下的院子，我踌躇满志。

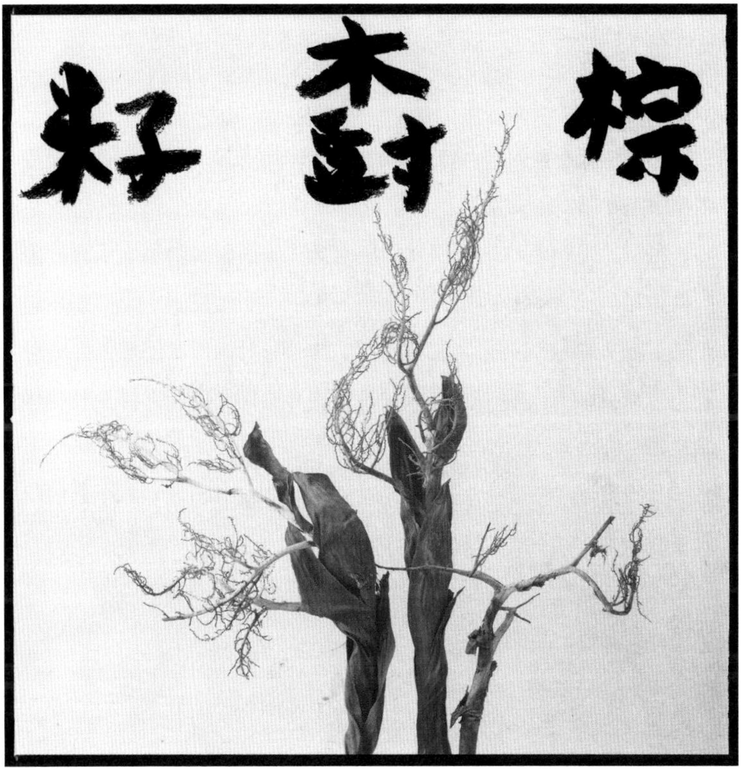

棕树籽

幸福

俗人毕竟是俗人，一切空幻的念想被一个女人击碎。她就是雪夜里给我送小熊饼干的女人。

第一次见她是在一个朋友的聚会上。她的眼睛是那么干净，闪烁着清澈的光，一念闪过，她还是个孩子。朋友是做电影的，我想他的朋友大多应该都是文艺青年吧。这是我对她所有的想象。她对我，大概也如此。后来她告诉我，她不知道我是做什么的，只是感觉我像个好人。

我领着她，走过我儿时的田埂，穿过树林、山丘。躺在干枯的田野中央。

天空，没有一丝云彩。那无尽的蓝，装满了幸福。

我拥着她，享受着这寂静。

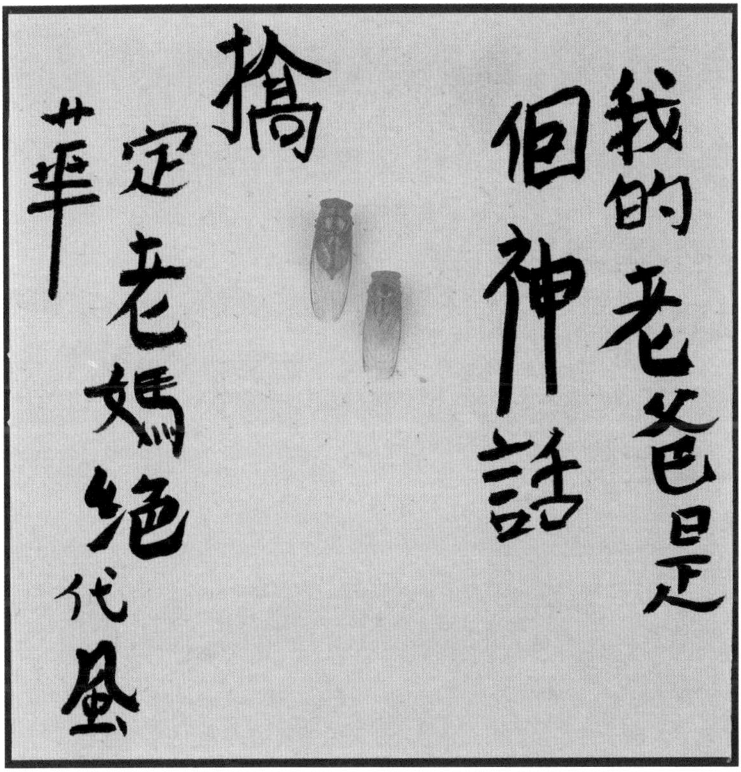

神话

八年

大概是农民的遗传，我每天黎明即起，在城市生活二十多年，也不曾丢掉它。

院子里有干不完的活，基础建设都还很不完善，要收，要捡，要挑，要砍，要扫，要锄，要挖，要栽，要浇，要烧，要扛……真是快乐欢畅，一点儿也不累，干一世都不累。

起初，我每天享受着汗流浃背，其实还不仅是享受。这些年，我一直有一种沉重的负罪感，后期更是强烈。这种负罪感来自自己的虚度，于己，于家人，于社会。因为这个枷锁，我才离开城市。当然，当时我并没有这清晰的认识，是身体在告诉我，是神在召唤，唯有它能拯救你。这个神，就是故乡，就是泥土。

时间你要回头去看，八年，如同一念。我似乎什么也没做，又似乎做了不少。我造了两个娃娃，大概算是这八年一大业绩吧。不管我这个父亲称不称职，他们都在长大，成为他们自己。他们和地里的小苗儿一起，迎着朝阳长大，经历阳光雨露风霜。

我和
妹妹

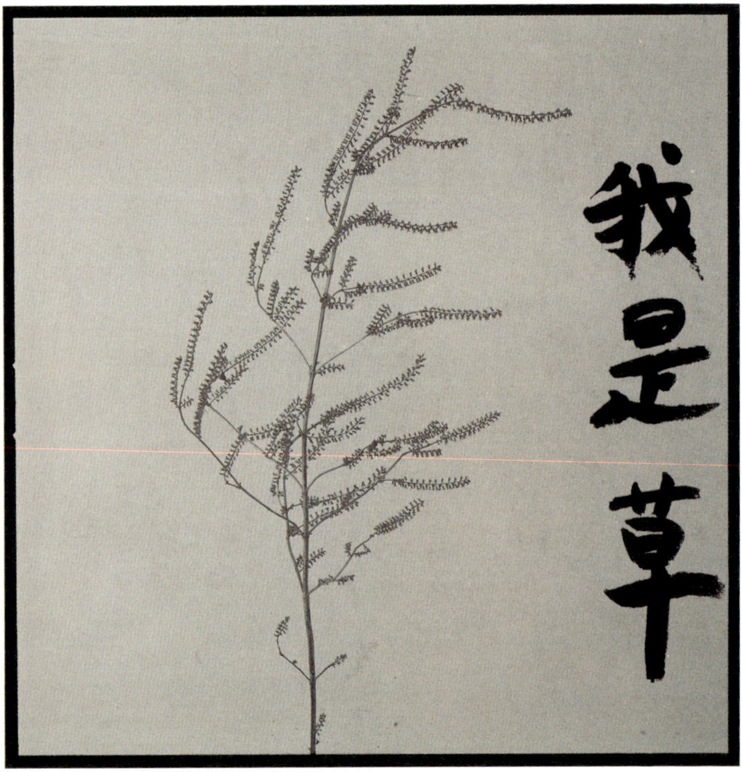

我是草

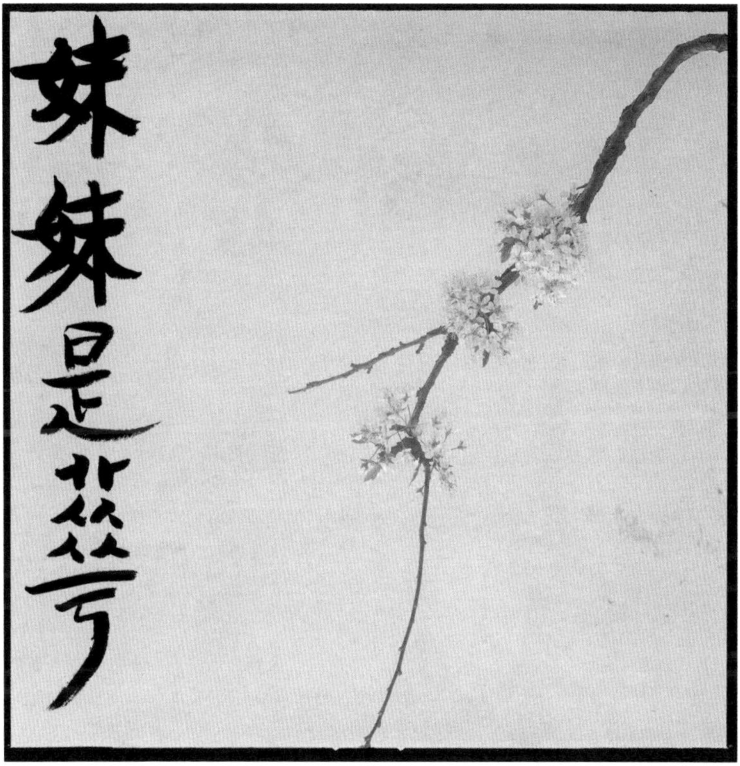
妹妹是花

长命线

驱邪箭

游戏

在娃娃们上学前，我们都是在丘上度过的，日复一日。

虽然每天都得面对两个淘气的娃娃，一把屎一把尿，繁琐不堪，气急败坏，可转眼他们就长大了。由于我单家独户住在丘上，在乡下的日子，少了许多交际。即使如此，我们的娱乐仍是丰富多彩，或周围游荡，或穿行繁花间，或和娃娃去林子里玩耍。

游戏总是跟泥土有关，我一边挖地，他们一边瞪大眼睛寻觅蚯蚓，装进透明塑料罐里，放些泥土，便成了他们的宠物。蚯蚓也常被他们拿出来像橡皮筋一样扯来扯去，或在罐子里装些水，说它喜欢游泳的。基于他们常对宠物做出的不仁行为，我制定一项规定：不得将宠物玩死，由我决定放生时间，或五分钟，或半小时，否则明天不可玩此游戏。

他们渐渐长大，胆子也越来越大。一日清晨，我捕得一条小青蛇，约一尺长，用火钳夹着。“喂——起床了——有小蛇玩咯。”平日总要磨蹭很久的他们，弹簧般出屋，忙寻根棍子戳小蛇，小蛇脱落，他们尖叫弹开，惊险刺激得嘎嘎乐。

青蛇水蛇无毒，其他蛇自然不可这般玩耍的。总有乡人跟我说，我家附近有条蟒蛇，洞口就在我家前院，可我从未见过。他们试着往洞口熏烟，结果烟从丘上另一头冒了出来，仍不见大蟒。而今别说巨蟒，就连水蛇都成了珍稀。

蝌蚂娘娘

游艇

飞火龙

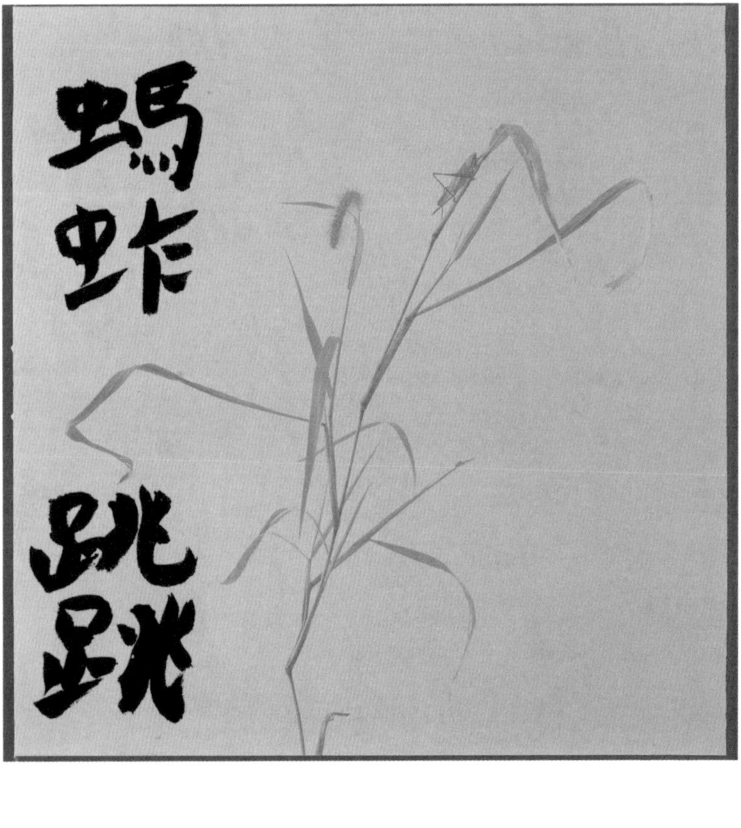

蚂蚱跳跳

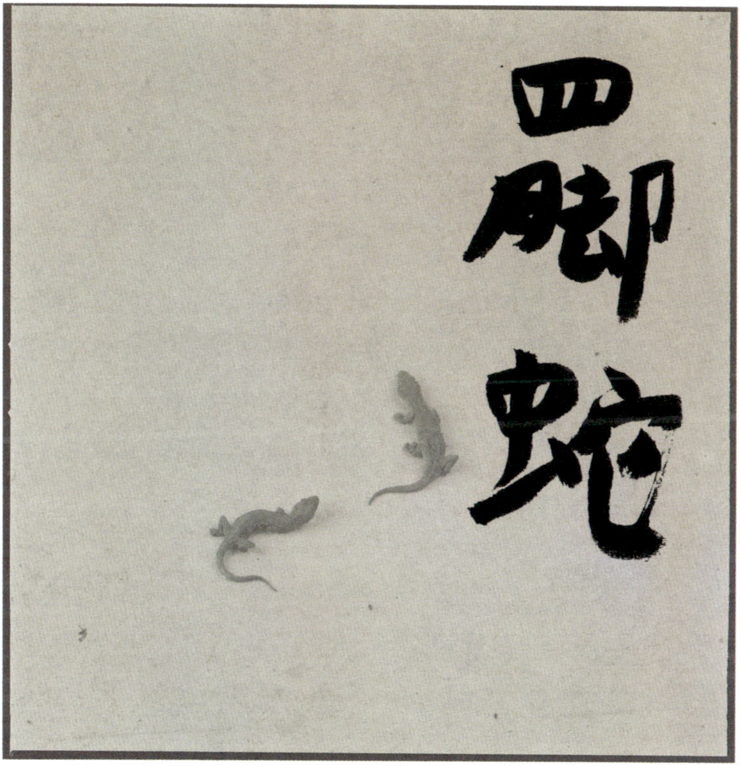

四脚蛇

癞蛤蟆

今夏，他们喜欢上了癞蛤蟆，我也极喜欢的。每天夜晚，屋檐下都有一只憨乎乎的硕大的癞蛤蟆，一动不动地等着蚊子经过，不时弹出一根细长的舌头，轻松猎物。用脚拨一下它，它会移动半步。小时候，总听大人说，癞蛤蟆屁股会喷出尿液，要是喷在手脚上，皮肤就会长出癞蛤蟆皮来，所以我从不用手去捕捉。为了让他们生活多些娱乐，我用火钳夹着癞蛤蟆放在塑料桶里，供他们戏弄。癞蛤蟆也不挣扎，即使挣扎，也如电影镜头里的慢动作。我一再告诫，只可看不可摸。

起初他们还有些害怕，只是用枝条拨弄一下，后来发现它并不可怕，也并不见它喷出尿来，胆子越来越大，于是一人一个手机，一个打灯，变幻光影，一个拍照，嘎嘎乐。再后来，往水桶里接些水，弄块小木板，说是小桥小船滑滑梯，花样百出，趁我不注意，上手去抓。见其过分，我不得不假装怒了，命其放了它。次日，照例还是这套节目：爸爸，帮我们抓癞蛤蟆嘛。爸爸，帮我们抓癞蛤蟆嘛。我扛不住他们磨叽，于是每天天一黑，他们提桶的提桶，接水的接水，跟在我后面，到屋檐下树林里寻觅癞蛤蟆。渐渐，他们不满足一只了，一只变成两只，两只变成三只，三只变成五只，还给它们起了“大妞妞”“小妞妞”的名字。这个游戏一直持续了整个夏天，直到台哥开学上了一年级止。

大妞妞

天牛

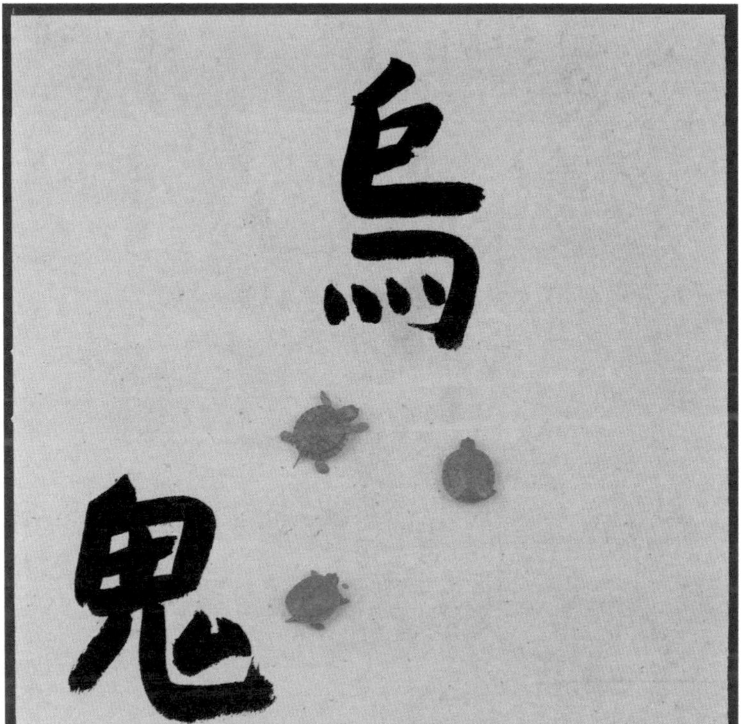

乌龟

跳蚤之苦

回乡的这几年，我们一家深受跳蚤之苦。察其究竟，是隔壁雅姐姐家狗招来的。只要台哥一去撩骚，准中招，于是身上大包小包，严重时还鼓出一个大水疱。小孩儿大人此起彼伏挠痒，奇痒难耐，苦不堪言。于是集体洗澡，更衣，床上用品通通更新，外带喷药。没好两天，他准又要去招惹新的跳蚤队伍。

有一天，我去一村人家买了几袋腊菜籽，准备榨油，榨油前需要将菜籽晾晒，晾晒过程中，台哥学着我在菜籽中蹚出一条条小垄，利于风干。这下可好，成千上万的跳蚤像一层雾蹦上蹦下，屋里屋外肉眼可见，台哥和我瞬间被咬无数。洗澡更衣，再被咬再洗澡再更衣，可跳蚤包仍在不断增加。迫于无奈，叫来老元屋里屋外喷洒农药。

跳蚤是没有了，可苦了满身是包的台哥，躲到城里两夜未睡。

这次大劫，原来是因为卖菜籽的村人家养了一条母狗，母狗下了一窝崽，菜籽就码放在它狗窝边上。自此，台哥长了记性。

池塘秋草

狗儿们

自我回来后，雅姐姐家不知捉来多少只小狗，都未超过两岁就被偷狗的人给偷了。

第一只叫泥巴坨，正宗的土狗，泥巴色，故得名。不大吭声，从未见它露出过凶相，你去摸它，它便优雅地避开。给它吃的，它也只是默默地站在数米外等着，待你走了，才缓步过去，从未见过它急不可耐献媚的样子。它总是优雅地斜卧着，或轻盈地迈着小步，眼神腼腆。它大概伴我最久，即使我不在家，它也常在我家门口晒太阳或乘凉。

听雅姐姐的奶奶说，那天，有两个骑摩托车的陌生人来到我家，以为是我朋友，并不在意。不一会儿，只见泥巴坨一瘸一拐地跑回去，倒在门口，肚子上扎着一支麻醉针。后来的几只，小花、小黑、小白，都是杂交狗。小花太吵。小黑又一声不吭，太忧郁。小白太活泼。也都是同样命运。

重生

回到故土，在祖辈生活过的这片山丘上，娶妻生子，我热爱这山丘的一切。

春天又来了，呼吸，草的味道。

春天，男人为女人而战，牯牛为母牛而战，公狗为母狗而战，公鸡为母鸡而战，斗智斗勇，多姿多彩，头破血流。一到春天，可谓大地华章。

我的骨灰应是不错的肥料，我若死在这里，定要将它撒在我自由的林子里，重获新生。

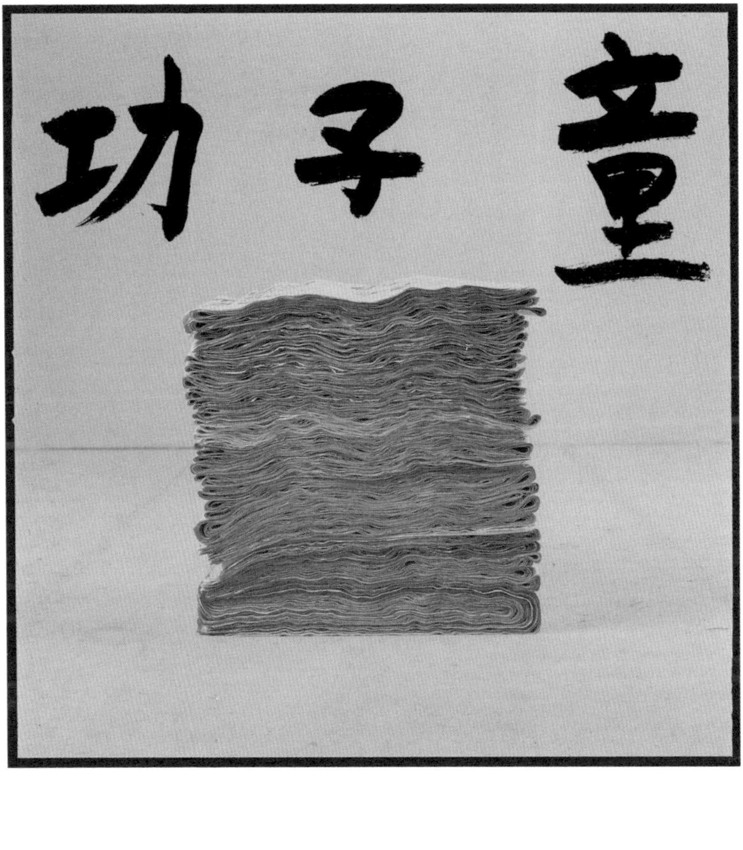
童子功

打针

學費

丘上日趣

希望能在他们心中
播下一颗跟泥土相连的种子，
说不定什么时候就生根发芽了。

多余的话

写字·画画

我从小热爱的事是写字画画。背着个画夹，美滋滋地游荡在山林田野。那是一个多么美好的童年啊。

艺术家，是造物主高兴的那一瞬间捏出来的，他赐给你一双看到美的眼睛，一颗感受到美的心。

长大后，为了讨生活，我画过电影海报、做过招牌、做过指纹鉴定、开过印刷机，干过销售、酒吧、平面设计、媒体。

可最终还是回到写字画画，只有摸着毛笔，才会忘记自己的存在，忘记外面的世界，才会对活着产生一种感激。

其实，这哪里叫画，哪里谈得上书法。然而，这些又都不重要。

面对纸笔，情绪褪去，偶尔有幸触碰到所谓的空、灵界，还想要什么？

“丘上日趣”小画，初衷就是记录，可快门太快，让我如同局外人一般。所以就慢慢画，慢慢画。墨通过笔锋落到纸上，似乎触摸到时间，体味孩子们的渐渐长大。

相机

相机，我是十八岁时开始接触的。

二十岁我浪迹深圳，借工作之便接触《现代摄影》，接触了跟杂志相关的摄影家朋友们——受到了亚牛的开启，和主编媚姐无意间的鼓励。

那段时间，我狂热地喜欢上摄影，疯狂地阅读世界各地摄影师的作品，每天梦见的都是摄影。

少年画家的梦想，借由拍照，得到了井喷式的宣泄。

《梦溪》系列，从离乡到还乡，从亲人到故土，是我与他们，与自己的一个血缘关系的表达，不说出来就难受，就像脓包总要挤出来才舒服一样。

我实在无力有逻辑地去思考、去总结自己从事的工作，也完全没有这个愿望。于我，艺术，是本能。视觉艺术，也的确很难用语言去界定，毫厘之间，天才与平庸，不可言说，也说不得。

心，感知到了，手自然到。

近季閑了，踩幾隻藕
炖湯喝。
2011.1.31

殺年豬
2012、3、4

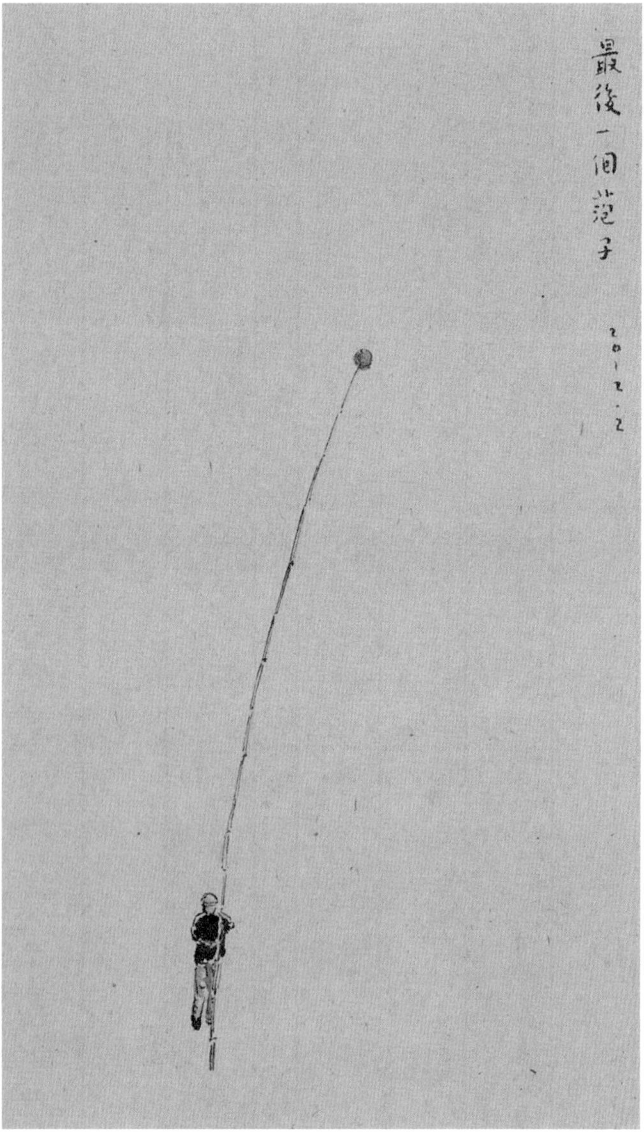
最後一個泡子
2012.2

真是一個美好的春天
2012
春天花發開時

2012.10.1 台哥出生

好帥的老爸好酷的兒

在我們還衹會爬行時。就遊遍了
丘上的每個角落。

臺鍋常隨老爸穿行在橘林間。[redacted]一日。在其邑、裏發現一
枚橘子[redacted]葉辭。吾大樂。

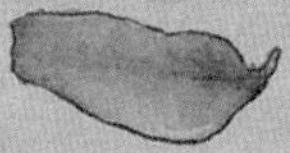

2013.3.3

春节前后的主要工作：屋前屋后种树。池塘抽水，捉鱼，起藕。备年货。天井铺混凝土。

台儿见着竹叶上挂的露珠，便伸手够来，然后小心翼翼地往嘴里送。山楂、柳条枝头挤出新绿。

这块土地孕育着这里的树苗，也滋养了我的孩子。他能有幸看到阳光穿过树林，有幸听到松涛，有幸感知万物的苏醒与衰落。

2013.4.19

总算等到一场像样的雨，把我的苗儿渴坏了。竹笋迫不及待地破土而出，橘园一夜之间花落满地。往年不曾仔细看过橘子花开，今年过足瘾了。

繁华往往不会长久。父亲的这片橘林，二十多年无人打理，虫蛀严重，不知还能看到它绽放几次。

2013.4.25

“边风急兮城上寒，井径灭兮丘陇残。千龄兮万代，共尽兮何言。”

无意抄来此诗，似暗指我欲拍摄的主题。

阳光极好，小魔王起床了。

姐姐来帮我收拾菜园子。

邻家婶婶托我给她喂鸡，一声招呼，母鸡领着它的宝宝们蜂拥而至，好不可爱。

夜里月亮透过树林照进镜子般的池塘，春耕后的田地里蛙声四起。

2013.6.1

早起锄草两垄。

雨后阳光穿过竹林，穿过杂草，一缕一缕，每缕的前端过渡到末端都呈现出温柔的变化，迷得我无心思量养家的本务。

2013.6.6

下了一夜的雨，五点半起。

母亲已拎了一大捆江薯藤回来。我连忙跟她一起冒雨种上，如此便不用浇定根水了。母亲过去为了一口吃的，现在为了我们，辛劳了一辈子。叫她不要干，她不乐意听，认为我们嫌她老了。也是，那就干吧。其实，人能劳动是多么幸福的事。

人活着，一定要求得个心安，能干时甩开膀子干。

送老母进城，豪雨。

傍晚回，池塘漫水，前院草丛中满是蹦跳的鱼儿。我连忙拖个桶去捡，不一会儿工夫便是一桶。天黑，坡下地里田里还有好多，捡不过来的怕是撑不到明天，要是继续大雨，它们还有顺流而下活命的可能，要是搁浅，那就听天由命了。向往自由是要付出代价的，不过好歹你们也狂欢了一回。

2013.7.6

雨，赤脚踱步池塘林间。此时之美，非平时所能见。

2013.7.16

内子命采白莲一朵，插在瓶中。

臺鍋你馬上就要當鍋鍋噠。可你麼的都不曉得。
2014夏日

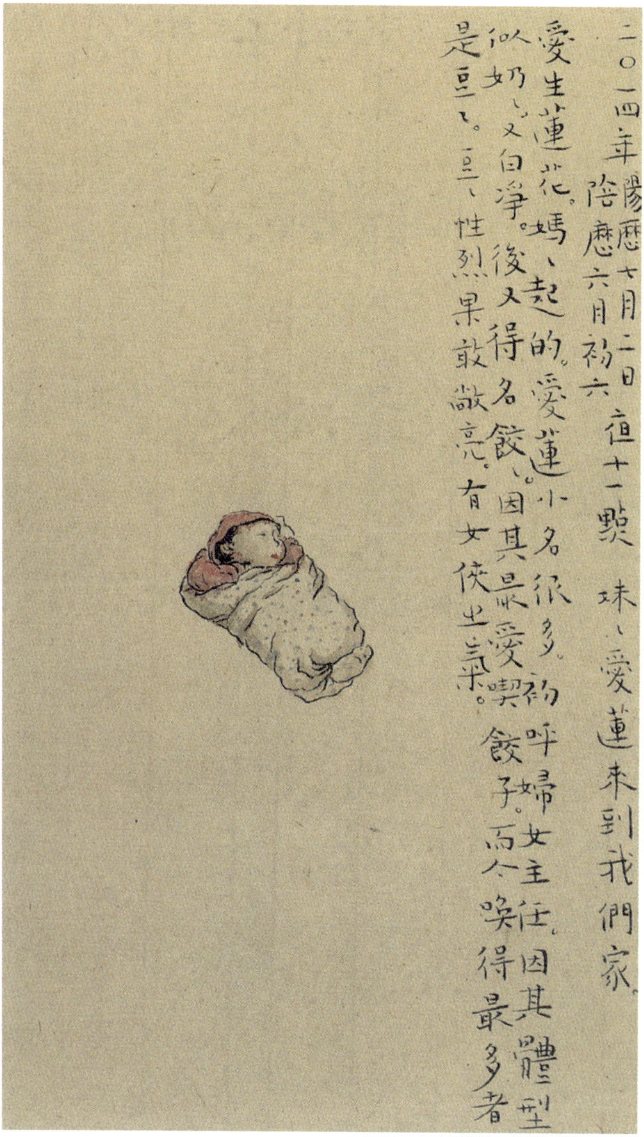
二〇一四年陽歷七月二日 值十一點 妹ヽ愛蓮來到我們家。
陰歷六月初六
愛生蓮花。媽ヽ起的。愛蓮小名很多。初呼婦女主任。因其體型
似奶ヽ，又白淨。後又得名餃ヽ。因其最愛喫餃子。而今喚得最多者
是豆ヽ。豆ヽ性烈果敢敞亮。有女俠之氣。

2014.7.2 爱莲出生

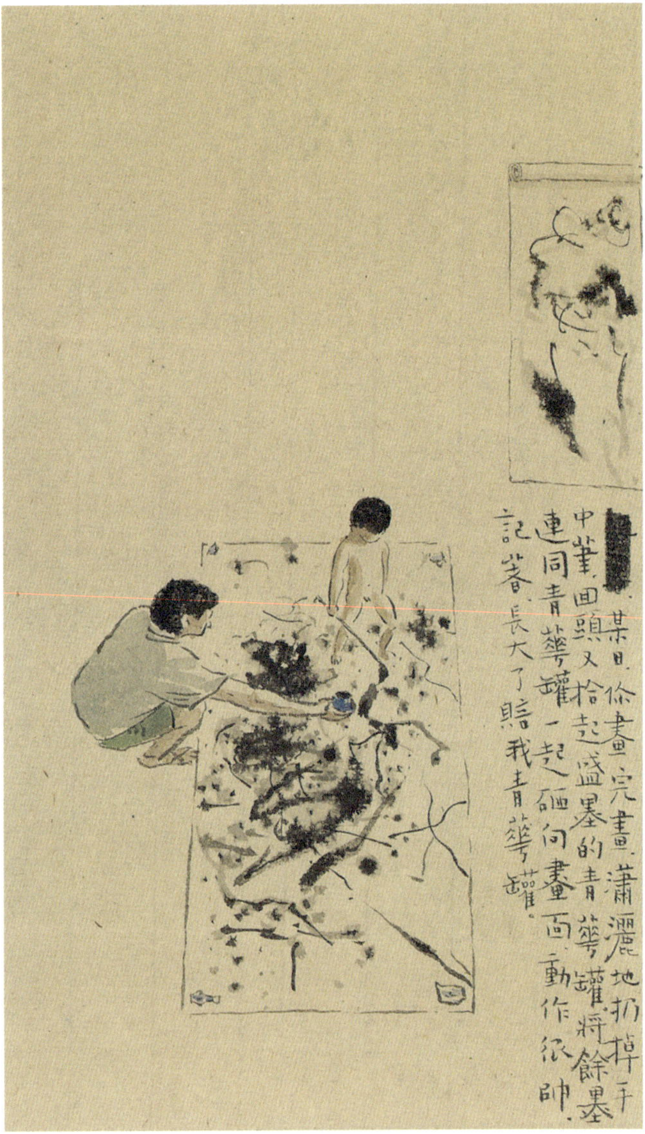
某日，你畫完畫，瀟灑地扔掉手
中筆，回頭又拾起盛墨的青蛙罐，將餘墨
連同青蛙罐一起砸向畫面，動作很帥。
記著，長大了賠我青蛙罐。

老爸到現在才找到一點當爹的感覺。何謂慈父，就是放下父親的架子，真誠地發自內心地愛你們，融爲一體，共同成長。老爸愚頑，你們長大了，長能耐了，不可嫌棄老爸，不管如何，老爸在努力做一個好老爸。

大狗
三歲多

小狗
一歲多

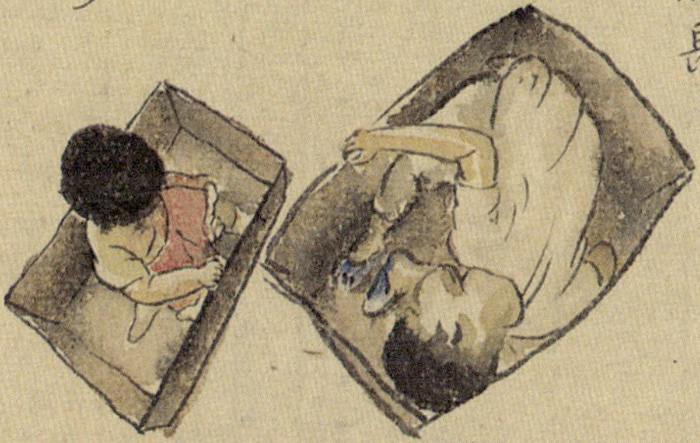

新寵

蜚雲塔下

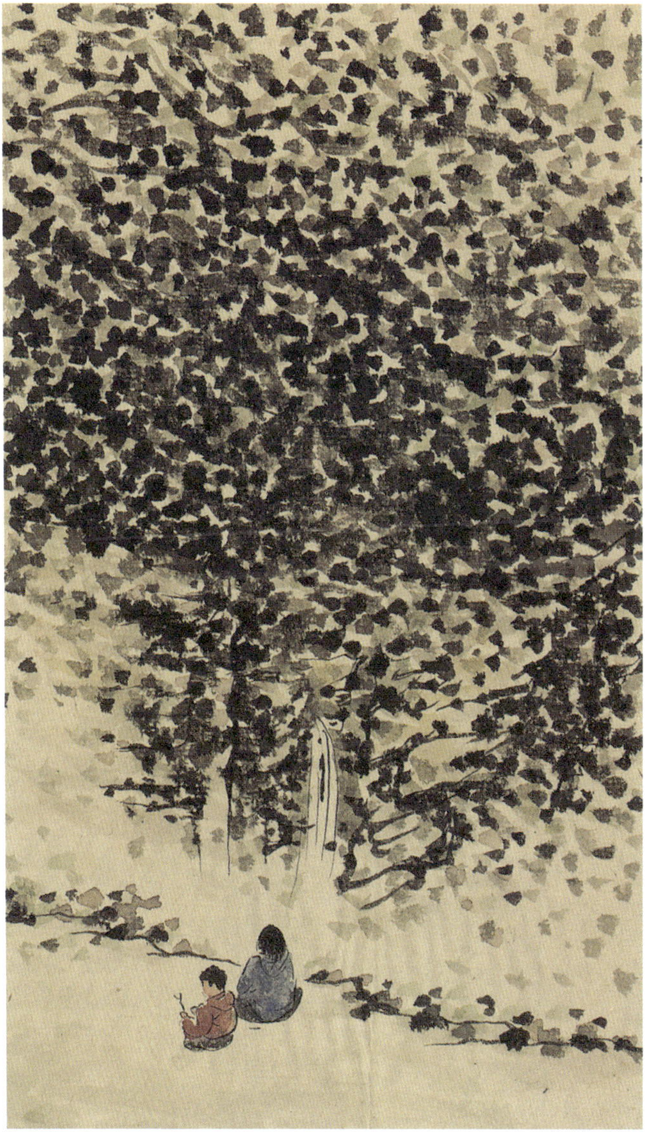

2015.3.19

台哥躺在被窝里唱着：“墙角数枝梅，凌寒独自开。遥知不是雪，为有暗香来。”

金银花拱门被风刮倒。

文斗病情堪忧，我得尽快完成手头工作，好去广州探他。

砍橘树一棵，置于堂屋。下午砍柴。植物的拍摄比我想象的难，物本有神性在，可我拍不出。

2015.3.20

我蹲在院子里，一碗面条下肚，呆坐在石头上望着父亲这片朽去的橘林，希望能拍出让他感到慰藉的照片。

父亲少年时种下的一棵柚子树已是房子般高矮，而今成了父亲留下的唯一的活物，也成了我们家的精神象征。

柚子每年落得满地都是，金黄色，很是好看。今年我将种子扔满园子，待明年生根发芽，二十年后又可成林。

2015.3.30

雨过天晴，晨光洒进父亲的橘林，我的心情又复杂起来。它们死了，可它们仍散发着无以言表的美，触动着我，它们没有死。

上午植柚子树苗数十株，栾树苗数十株，它们小得几乎看不见，随意种下去，它们随便长大。我知道，明年，它们便有了它们的模样。

又扛了根橘树进屋，今天我要拍一张我自己，劳动回来坐在树下的样子，等着媳妇回来给我按下快门。

2015.4.19

台哥走到大堰码头回头望，说：“我们家住在树里头。”

2015.8.5

早五点起，一人躲在竹林边看月亮，听远近的公鸡打鸣，一条小蛇从我眼前一米处滑过，天色还暗，辨不清它有毒无毒，不敢徒手去捉。

连续高温，热得人慵懒得很。在院子里拔了两株草拍照。内子说她小时候吃过这种草结的果子，也叫不出名来。

“采几片荷叶来。”

“作甚?”

“蒸荷叶粽子。”

城里家人来，席卷一通走了。

突然，风云起，似有大雨来，连忙抱些柴进屋。

2015.8.16

溜达到大堰码头，这个码头藏在树丛里，由几块青石铺成，这里本是光祖伯伯一家的老屋场，儿时我常和老三老四一起在这里嬉戏，而今孩子们都长大成人各奔东西了，老屋平成了田地。

拾野鸭子窝一个，回去拍照。前几天见到野鸭子妈妈领着它的宝宝们在水面荡漾，好一幅画意。可村人并不喜欢它们的，因为它们总去田里偷吃。它们一露面，往往遭路人攻击的。

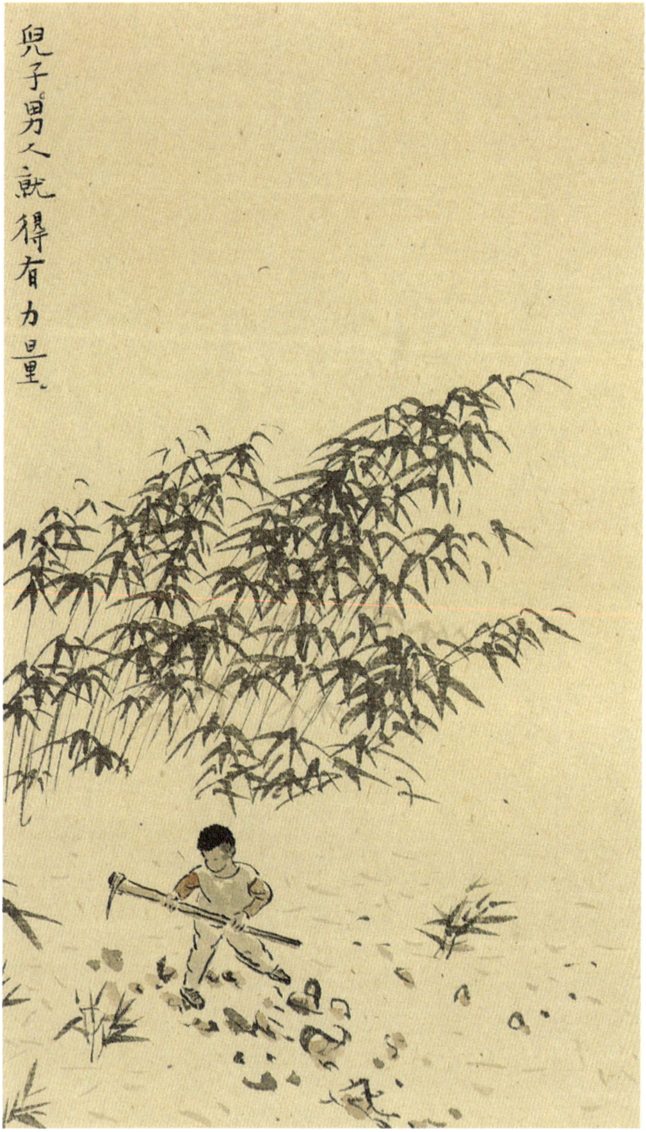
兒子男人就得有力量。

這是泥巴蛇、正宗的中華
田園犬、泥巴色，故得名。不大
吭聲，也從未見其露過齒
相，你去摸牠，牠便優雅
地避開，給牠喫的，牠也祇是默、地立
丈餘外候著，待你走後，才緩步過去，
從未見其急不可耐的樣子，牠也總是
優雅地邁著小步，或斜臥在樹下。
現在看起来雅姐、
還好小。

與鳥兒爭棗兒

石門仙陽湖

妹、装病在家

烤土豆拾柴忙
2018.8.19

2016.2.20

老屋数日，你们能有机会接触泥土。

泥土对一个人是多么重要。世间大美莫过自然，最朴实无华莫过泥土。字要有泥土味，摄影也是。

2016.2.25

妹妹送哥哥上幼儿园，哥哥说："妹妹戴上帽子，不戴帽子会感冒的。"

2016.3.6

春天到，春光好，塘边柳条绿，岸上桃花红，鸟儿叫得欢，爸爸车上窝大粪。蜜蜂嗡嗡响，蝴蝶翩翩舞，哥哥挖蚯蚓，妹妹摘花花。

奶奶种豆角，占了妈妈地，妈妈生气了，笑一个，笑一个。春天到，春光好，老爸真笨蛋，不会充当和事佬。春天到，春光好。

2016.5.3

夕阳下，妹妹接哥哥放学，一路嘎嘎乐。见一鸡蛋壳，使劲踩，嘎嘎乐。见哥哥影子动，使劲踩，嘎嘎乐。

2016.9.17

台哥昨作画一幅，名叫《我的生日》。出场的有棒棒糖、彩虹蛋糕、他自己、爸爸妈妈姥姥妹妹，还有雅姐姐。

2016.9.25

妹妹也上幼儿园了。

2016.12.8

奶奶每天都会说想你们想得不行了，叫我带你们跟她亲一亲，然后翻些吃的给你们，掰不动就用牙咬，老爸说这样不卫生，她便还嘴：老了是没意思，伢不嫌弃，大人嫌。

2016.12.30

哎呀，一不小心把奶奶画成了大猩猩，今天是奶奶七十二岁生日，你们特意去奶奶家为奶奶献上了《生日歌》。这张行大礼的场景是老爸瞎拼凑的，事实上你们献完歌混了两块糖吃便走了。

妹妹还在奶奶门口屙了一泡屉屉，奶奶撮了一铲灰盖上：热灰不能盖，盖了屉屉会更干。

2016.12.31

一只小鹅，在塘中央欢快依旧，不知到了年关。

哥、有作業一二三六七攆武到
後院有啥了不起蛙兒和武戲

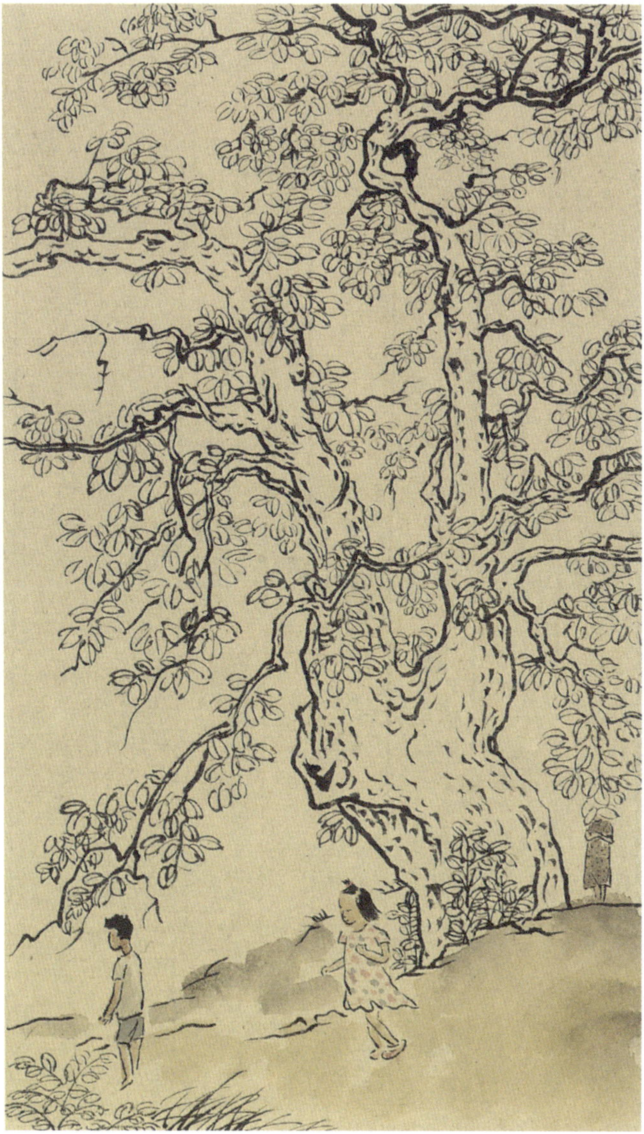

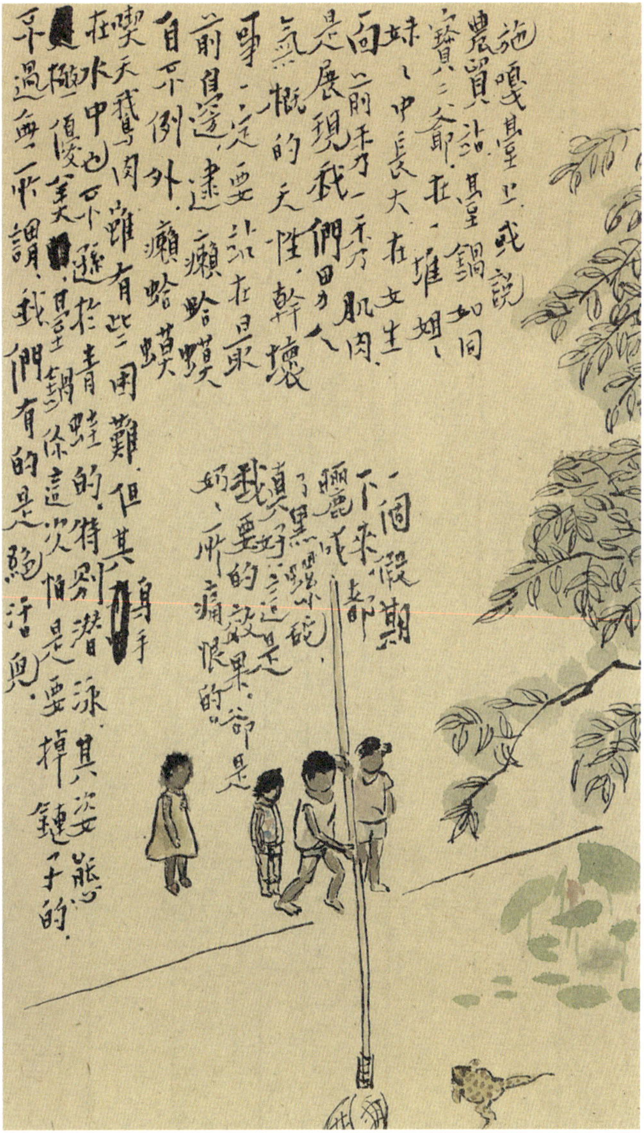
施嘎其臺生.或說
農買貨話.其臺鍋如同
寶貝三爺.在一堆姆姆
妹妹中長大.在女生
面前秀一秀肌肉.
是展現我們男人
氣概的天性.幹壞
事一定要在最
前.自然遠離癩蛤蟆
自不例外.癩蛤蟆
嬰天戲肉雖有些困難.但其身手
在水中也不遜於青蛙的.特別潛泳.其次姿
極一個優美.其臺鍋係這次怕是要掉鏈子的.
不過無一所謂.我們有的是臨活魚.
一個假期
下來.都
曬成黑
了.黑黝黝的.
真好.這是
我要的效果.卻是
奶奶所痛恨的.

絲瓜蟲的吸引力
2010.8.15

每天早起的妹妹

天酷熱，難爲你們，祇能常常坐而睡，今日，你們睡得正酣。
祇聽媽媽一聲尖叫：黃鼠狼……
要問，一身毛骨悚然。黃鼠狼
自然，是吃了。黃鼠狼身上是有
妖邪之氣的，捕雞
下嘴角快準狠，直取性命，
農家恨之入骨。
要不是媽媽在場，說不定
牠敢對你們下手的，想
來都後怕。
8.6

2017.1.2

老屋后的小树林跟你们一同长大，待到老爸老去，待到你们长大，它们便会茂盛起来，一定会很好看的。

2017.2.23

跑着跑着你们就长大了，跑着跑着老爸就真的成老爸了。孩儿们，跟有进取心的人在一起，跟守信的人在一起，跟书在一起，跟山水在一起，跟古物在一起，跟好老师在一起。老爸好啰唆是不是？反正你们愿不愿意，我都是你们老爸了，说不定你们将来比我还啰唆呢。

2017.3.11

今天老屋来了好多小朋友，你们给蚯蚓盖了一幢房子，里头住有蚯蚓爸爸、蚯蚓妈妈、蚯蚓哥哥和蚯蚓妹妹。

2017.4.3

爷爷的坟前，儿孙们都到齐了。奶奶在儿孙们磕头时伤心地念叨：老倌子，孩儿们都来了，福都让我一个人享了，你好好保重啊。

2017.4.16

今天是老爸和妈妈的结婚登记日。

爱是一个人活着的意义。

2017.5.13

农贸站见燕子轮值孵育它们的小宝宝，再过些天，燕子宝宝就好出生了。

2017.6.1

望着你们一天一天长大，老爸束手无策，完全不知道如何指导你们，到底哪条人生的道路是正确的，也不知道哪条路适合你们，一个人有一个人的命数，一切只能看你们的造化了。低头做人，埋头读书，读圣贤书，交胜己友，与天地相往来，感知人间悲喜。

一不小心，老爸又说多了，老爸相信你们，好好善待仅有一次的人生，很高兴你们来做爸爸妈妈的宝宝。老爸会努力的，节日快乐，老爸爱你们。

2017.7.1

莫名其妙的生来 / 无可奈何地活着 / 不知所以然地死去

这是我们几乎所有人的活法，老爸也不例外。这是人生的大课题，好好想想，人生为何，人生何为。

2017.7.6

真诚通往所有的路。

2017.7.8

拎了一对酒，揣着学费，牵着台哥，正式拜陈华先生为师，算是台哥走出人生求艺第一步。

生为一个中国人是有福的，中国字之美妙不可不知，字也不可写不好的。

2017.7.11

一个人回老屋，准备一套新作的书写。每次在正式做一件事情之前，我都需要调息。我的所谓调息，就是要在屋前屋后转转，今天是摘豆角。然后，在我的小荷塘边的李子树下，抬碰上一坐，抽上一袋烟。抽烟，一定得在环境优美的地方，坐着抽，看着植物们无声地生长，感受周身被纯净的空气包裹。

媳妇来电：吃的什么？

答：西红柿鸡蛋腊肉面。

又嘱咐：看看前天做的西红柿罐头有无不正常。

答：这就去。

烧水，泡了一碗药。一只蜜蜂在我头周围转悠，还有两只蜻蜓歇在一片柳叶上，一群今年才出生的小鲫鱼苗儿浮出水面，小嘴一开一合，池塘太小，委屈了鱼儿们。

峨眉豆该摘了。干活去。

试了一下笔墨手感，感到口渴，起身上菜园寻了条带刺的嫩黄瓜蹭吧蹭吧，啃了。掩门，作书。屋后有只喜鹊发出低沉温柔的叫声，一会儿，变成两只，声音变得欢快。

鸡群一阵乱飞，忙出去吆喝，见有两只黄鼠狼围攻邻家鸡群，赶得它们四处飞散，还有两只落在我的池塘荷叶上。

黄鼠狼有一股邪气，我穿个拖鞋，不敢入深草处去追，怕有蛇。很快，只听远处有鸡的扑腾声，便知其得手，可怜的小鸡儿，还未长成。

中午，肚饿，上菜园揪了两个熟透的西红柿，几片木耳菜，切了两片腊肉，一个鸡蛋，煮了一大碗面，趁面凉的工夫将先摘回的豆角烫出来，晾晒，以待冬天放在腊肉或红烧肉里炖着吃，梗啾啾的，好吃。

一边望着屋外的树林竹子，来去的白云，听知了叫，一边呼噜呼噜将一海碗面送下肚，爽极了。

砍柴。够烧好几顿饭的。顺便将有些遮阳的树枝剔掉，做到尽可能保证它们的姿态，又能让其长大，长得茂盛。现在院子里树苗太多，培育的树总是长不过野生的。这让我想到孩子们的教育。

下面传来收割机的轰鸣声，光银叔、老元的两块田都在收割。

老元上来，叫我去他家吃饭，谢绝。

“而今，种个十几二十亩田不费一点力。”

“嗯，要是过去，搞死去。”

工作到傍晚，收工。晚饭除了比中午多了几根青菜外，其他都一样。

媳妇来电训我：不能总吃一样的。

天井中央，一碗面，弄只拖鞋屁股下一垫，三分钟解决。晃到收割的田边，消食，看暮色，闲扯淡。

夜，十点。屋外大风起，凉爽得很，一只蚊子都没有。外面月色美，画速写一张对付日课。

2017.7.12

清清嗓子，迈向池塘，又开始了新的一天，两只褐颈白鹭从荷叶里一跃而出，幽灵般一团白光，飞去。

豆角架上的蜘蛛网糊我一脸。如果被蜘蛛网糊了，马上停住，往后慢动作退上一步就又弹回去了，切不可乱抓，那就没完了。

字写久了手会有些酸，有些僵硬。放下毛笔，干干体力活再合适不过。撸起砍刀，将那根碗口粗桃树桩一刀一刀地砍起来。砍树不能急，一刀一刀砍，一会儿就砍完了。

顺手捡了一个刚落地的黄桃，尝了尝，还得过几天，等鸟儿开始叼时就熟透了。这棵树的黄桃特别好吃，可得留意，不能让鸟儿全吃了。

坐在天井等娃娃们回来，没事抠抠脚上老茧。昨晚没睡好，有些困。翻看台哥今天写的甲骨文“鱼”字，用笔、结构让我大吃一惊，为父很是得意，忙急发给他义父颜长江阅。若能坚持三十年，一定比老爹强百倍，便可行走江湖有碗饭吃了。真希望他能钻研一两门手艺，从中获得慰藉。

一个孩子将来能走多远，取决于他的命，取决于他的德智体，缺一不可。我以为，为父母的，德可以言传身教，父母站得直，孩子就有了标准，不怕走得太歪。

智，有天赋成分，但不管这个孩子多愚鲁，只要后天勤力，都会有出息。体，很重要，身体不好，气血不足，什么事都做不透。

他们到了，一开车门，就一窝蜂向坡下冲去，看收割后的稻田，看抽水机。我答应他们午觉后去捉泥鳅，台哥却又因兴奋难以入睡。

泥鳅因农药的过度使用已不多见，青蛙几乎绝迹，也就在泥巴里感受感受罢了。跟城里孩子比，能摸到泥巴就够奢侈的了，哪里还有什么机会在稻田里捉鱼摸泥鳅遭蚂蟥吸哦。

莲儿跟在哥哥和雅姐姐后面，在稻草茬里行走自如。但后来还是一屁股坐在了稻田里，弄得全身湿透，摸泥鳅的娱乐也就此终结了。

勤劳的邻家婶婶一边抽水，一边在田埂上补漏。理发师老元回来准备收拾晾晒了一天的稻子。疲惫的中青在割谷机上打盹，被孩子们吵醒，又接着干活去了。庹家婆婆一直在摸她的菜园子。

七十多的祖永哥刚从工地上回来又忙着打起农药。光银叔光财叔一个抽水一个整田，没见他们直过腰。

双抢，就这样拉开了帷幕。

不过，现在的农民，也就忙这么几天，不用自己插秧，不用自己收割，不用自己养牛，不用交提留，还有补贴。照过去比，已经轻松太多了。平时的活都不赶急的。

夕阳落下，刚灌满水的稻田映着余晖，清凉的风里含着一股新翻的泥土的香味，稻草的香味。

爱笑的婶婶添外孙了，更是合不拢嘴了。

2017.7.13

晨起，鸡群在院子里找虫子，白鹭八哥喜鹊在新翻的田里找虫子。一片祥和。娃娃们起，领他们去农贸站玩。

“妹妹，我摘的都是橘色的耶，我的眼睛是不是好亮?”

“我摘的也是橘色的。”

“我们的眼睛都好亮。”

“咦，这边还有呢!”

“看，这边还有，我眼睛好亮对不对?!”

“飞机，爸爸，快拍。”

“爸爸，你看，荷花，快拍。”

“妹妹，我来教你写田字。”台哥要写大字，妹妹也跃跃欲试。

妈妈陪哥哥写毛笔字，老爸带妹妹到小卖店乘凉混时间。妹妹眼馋《小猪佩奇》的玩具，被拒。

农贸站的娱乐很有限，这家那家话话家常。拐角处，原是母亲的经销店。父亲早逝，母亲的经销店常遭恶人滋扰，虽如此，小店还是让我们家摆脱了赤贫。后来母亲随兄长进城，这个小店提供了兄长进城蹚路的起步资金，五千块。那是三十年前的事了。

娃娃们进城，又余下我一个。

两个糖油饼一碗牛奶粥下肚，去农贸站溜达一圈，崔老师门口放着节奏强劲的音乐，莲湖村的娘儿们都出来跳广场舞来了，还有围观的两个老头儿。

天色已晚，回家，干活。中途休息，屋外，星空浩瀚，虫鸣起伏，一只野猫林中突叫一声，它一定是快活着呢。

2017.7.16

晨起，练习用笔。

台哥今天不上课，回老屋。摘了一篮子西红柿。

疯了一会儿之后，铺了一张大纸，让台哥温习这几天学的字，基本及格。妹妹也胡画了一通，笔一扔，跑到雅姐姐家去了。

今天酷热，连知了都懒得叫了。“刚刚头伏，热的时候还没到，今年还闰六月。”婶婶说。

下午四点，娃娃他妈带着两篮子菜和娃娃们进城了，又留下我一个。

去后山一破房子处寻土砖，遇胡叔，两人在破房子檐下蹲着抽了一管，闲扯了一会儿，见头上有梨，吃了两个，味道好极了。又跟隔壁借了一担簸箕，四块土砖挑回家，几百米，累得我上气不接下气，浑身湿透。那也爽。

饭后无他事，读南怀瑾文二则。

远处有狗叫，窗外有虫鸣，此起彼伏。

又到一日睡觉时。

天太熱，躲
在小鋪閑坐
現經常的
姑娘嘎挑來
一攆棉花，大
彩一直邊搭白話，一邊
為她拆棉花袋，一舉兩得。
我買了桶水，一邊送了一邊
化費奶奶、小孫子
便回家了。
甚至鍋今天寫了
字文中何遵約漢
四字，還不錯。

莫道君
行早，更有早
行人。爸爸五點半
到順林驛，早六時已
是這般景象。
順林驛是有著數百
年歷史的古驛站，
可惜今一絲遺址留
存，你們曾祖母就住
在上坡處。
今日爸爸買了：
苦瓜　三條　一塊
辣椒　一包　三十塊
丁子魚　一斤　五十塊
豆腐　二十塊
干張　六塊
六點半回，你們還在
睡夢裏。
仍舊大晴天，沒有一絲
雨意，南瓜藤都乾死了。

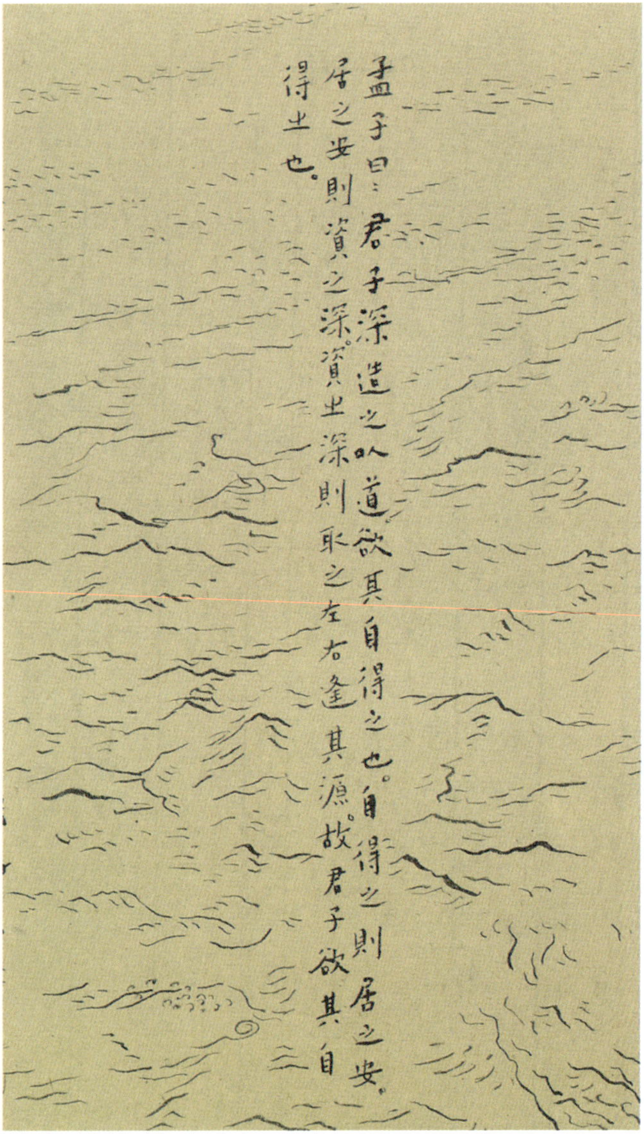
孟子曰：君子深造之以道。欲其自得之也。自得之則居之安。
居之安則資之深。資之深則取之左右逢其源。故君子欲其自
得之也。

送完你們上學。媽、和我去澧南進早市。經灔電大橋
向東望去。遠遠處如有一道神光投在江面。
迅速買了三斤洋薑、一斤桂花魚折返。尋光而
去。觀波聽濤。又往前行至水邊。或立或臥。
感歎造化之美。恍若回到少年。一時創作
欲念大生。

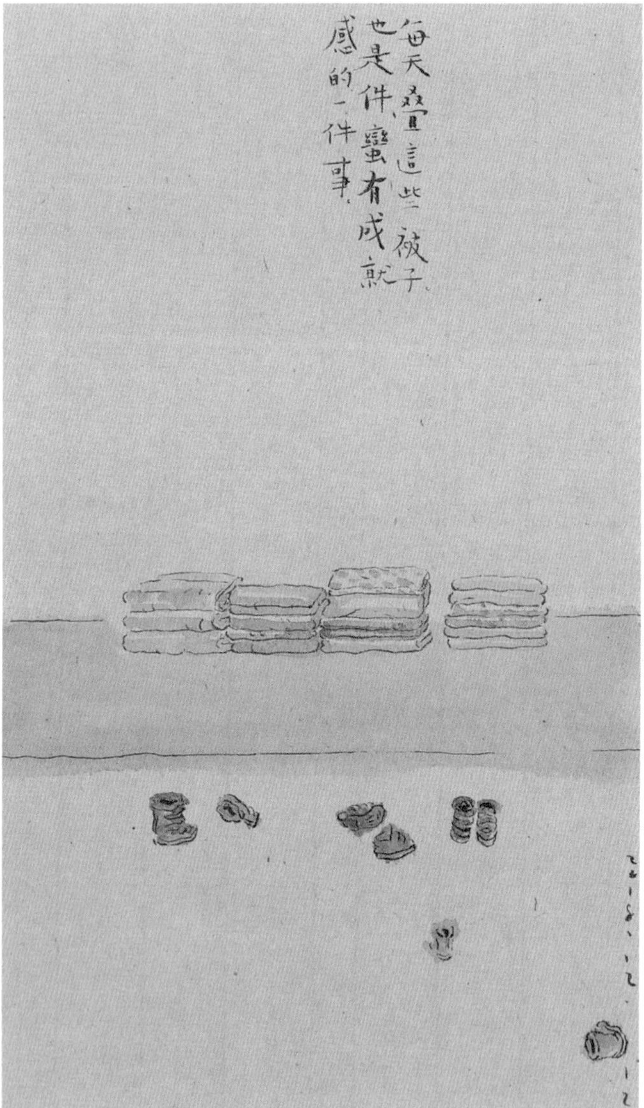
每天疊這些被子，
也是件蠻有成就
感的一件事。
2018、12、12

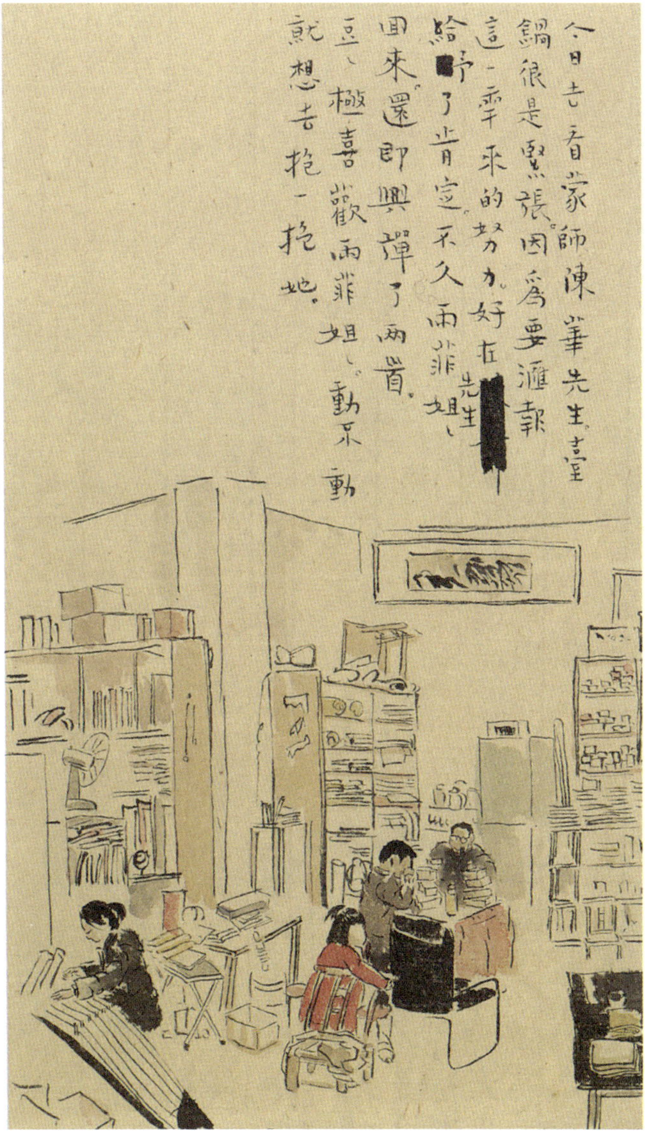

今日去看家師陳華先生。臺
灣很是緊張。因為要滙款
這一筆采的努力。好在[redacted]先生
給[redacted]予了肯定。不久雨菲姐々
回來。還即興彈了兩首。
豆々極喜歡雨菲姐々。動不動
就想去抱一抱她。

豐收的菜園
媽媽妹妹拔胡蘿[redacted]蔔，臺鍋一直捂著大堆，一個點點沒那麼誇張吧。爺們兒對自己狠一點。
這株芭蕉是老爸從寒池挖来的種，日漸繁茂，還結了一串小芭蕉。

2017.8.24

台哥和我去清理路障，有些树枝杂草横在路上，挡住了我们“大白”回家的路。

曾容姐姐来。他们上树采桃胶，全身湿透。

任由他们在外边疯玩，我则在屋里挑拣曾容奶奶送的一包黄豆，这原生态的黄豆在城里不易得，只是需要挑拣出长虫的发霉的豆子，这种不动脑子的活儿是我的最爱。

突然，雷电交加，屋外捡桃胶的娃娃们落荒而逃，本来用来遮阳的荷叶伞派上了用场。

太久没下雨了，菜园里的小白菜都要干死了，最高兴的莫过我。等地里浇透了，雨停好翻地，然后播种冬季的蔬菜。

午，屋外下着雨，屋里有些昏暗。

傍晚，台哥临帖，我试图让他明白中锋、逆笔、提按。台哥在这方面有些悟性。画尽可能自由，字尽可能规矩。

胡叔来。胡叔是父亲的拜把兄弟，木匠。由于我个人对传统木作的喜好，于是便成了胡叔的半个徒弟，我们有过一年一起工作的经历，和胡叔在一起是件愉快的事。

老人家枯瘦，长年哈腰干活，背驼得厉害。每给他递烟时，他都会非常客气地说：三哥，哪来那么些气力。

老人家上桌吃饭，也总是仔细地只夹面前的两碗菜。

胡叔从不贪便宜，他说：挑担金子，只取正份。

他每次帮我干活，起早贪黑，生怕亏了我，材料也是省了又省。

在他身上，我看到了中国传统手艺人的优雅。

我们常一边干活，一边聊天，说起他的那些往事，真是一个天才小说家。

夜九点，蹲在院子里的抬碱上抽烟。近一个月在外，院子里的一切都是那么亲切，加上今天的一场雨，我静静地品味着这漆黑，雨的味道，虫子们的交响，让我有些贪婪，恨不得把它们吸到身体深处。

2017.8.26

今天任务是翻地、播种，今天播的主要是白菜、白萝卜、红萝卜、胡萝卜。

播种，在我们家是大事，自然少不了两个娃娃的热情参与。

每个父亲大概都难免将个人的经验灌输给下一代，我自然也不例外，我希望能在他们心中播下一颗跟泥土相连的种子，说不定什么时候就生根发芽了。凡是跟土地相关的体验，运用到生活中、艺术中大概都不至于出错的。

2017.8.27

看你们画画真是件幸福的事，如上帝之手在使唤。但愿你们能一直保持这种天真，成人的游戏无非再回到天真，可你们就是天真本身。

2017.8.28

豆豆今天画了一幅画，自命《让粉色填满整个世界》。最近她总爱用“世界”二字，且爱拽长句子，对于一个三岁的孩子，还是让我有些惊讶的。孩子都是天才，但天才往往都毁在成人功利的固化的教育模式之下。所以他们长大了就只有父母、社会给予的同一个价值观——挣钱，挣了钱，消费，其他便不知道了。

一旦他们接受格式化的教育后，老师便会告诉他们，太阳是红的，天是蓝的，云是白的。于是所有孩子一动笔就再也摆脱不了这种模式。所以我必须不遗余力地捍卫他们的天真，我保存着他们几乎所有的涂鸦，如果他们被老师毁掉了天性，待他们长大还可以看到曾经天真的自己，那份天真或许会再次被唤起。如果被唤起，他们就是真正的艺术家。我不鼓励也不反对他们成为艺术家。

晚饭后，领着他们去乡间公路上游玩，公路两旁是稻田，一季稻刚收割完，清香扑鼻。对于夕阳，他们已经熟视无睹，在他们眼里，天空就是这样的。等他们将来混迹城市，天天吃着转基因、垃圾食品、盒饭，连雾霾的天空都无暇仰望，突然有一天，他们会惊呼，我的天空，应该是这样。我的空气，应该带有稻草的香味。

2017.8.29

六点起，木匠家美叔的下葬队伍的锣鼓声由远而近，我也去送上一程，队伍从顺林驿过来，绕过农贸站往庹家湾后山去了。

送葬的队伍除了吹奏一些悲惋的曲调，还不时夹杂两曲情歌调，只要是唢呐一出，伴上送葬特有的锣鼓起咚起咚锵，欢快的情歌调也自然回归到了一种悲凉气氛中。

在乡下，望着这样的场景，不稀奇，也没有悲痛的感染。

入土后，队伍散开，三三两两便又回复谈笑，很快，这山野又归于平静，好像什么事也不曾发生。

家美叔这样去了，父亲也是这样去的，我将来也会如此去。

2017.8.31

“江南可采莲，莲叶何田田……鱼戏莲叶东，鱼戏莲叶西，鱼戏莲叶南，鱼戏莲叶北。”

莲子是豆豆的最爱，真不愧叫爱莲。那小嘴中间轻轻一咬，一拨，一挤就到嘴里了，这是她自己发明的一套流程，快速有效。

扫了些橘树下的树叶，就地焚烧，只要是自然之物，稻草树叶烧起来都是香的，丝毫不觉呛人。豆豆则在下面够柚子玩，她最近长高了不少，可以够着电梯、够着把手、够着自行车踏板了，她陶醉在自己长高的快乐中。快乐散漫撒野的暑假就要结束了，后天他们就要上幼儿园了。

家人今天从城里来，三车人，一起包饺子，游园。每次来这里，都是再欢快不过的。

今天月半，是为祖人烧钱的日子。这些礼，我这一辈都基本忘没了，在母亲的敦促之下，也带着一点虔诚走一下过场，估计台哥一代，就好忘干净了。

2017.9.3

我只想望着远山老去。

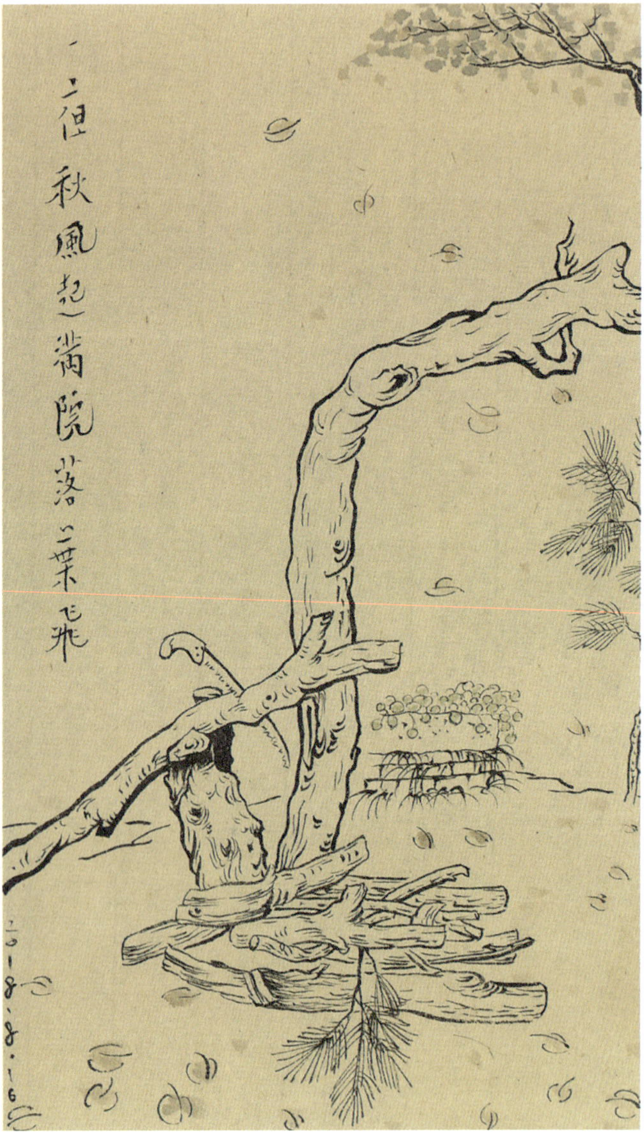
一徑秋風起滿院落葉飛
2018.8.16

攢攢幾個雞蛋賣
是廣家婆婆的唯一經濟收入。

德琴，敲你的钉嘎
2018.1.24

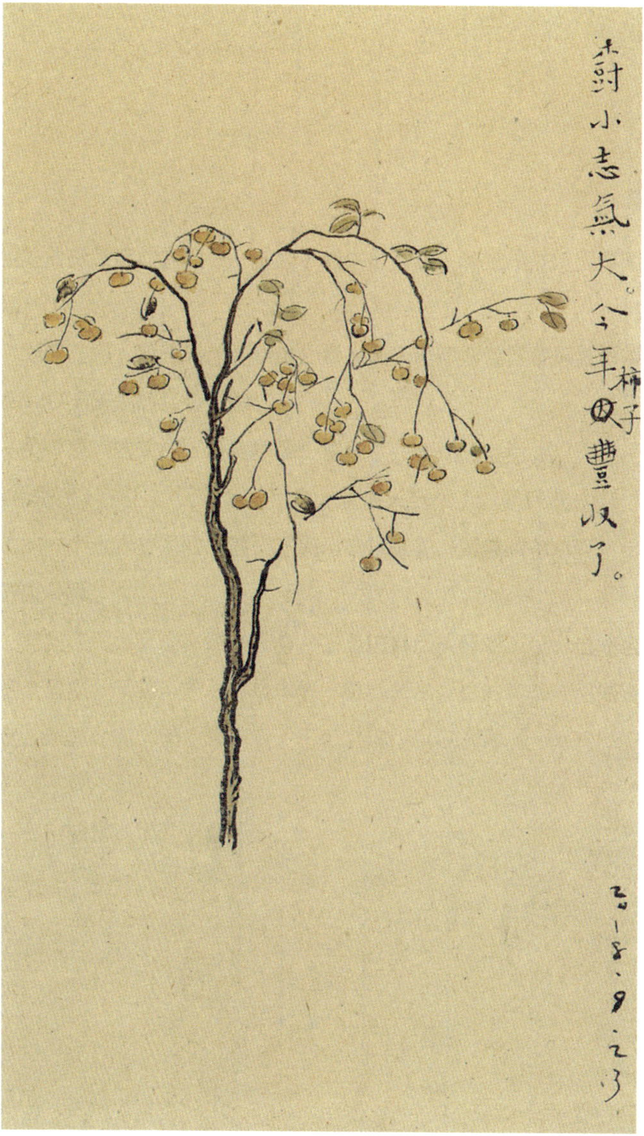
樹小志氣大。今年柿子好豐收了。
2018、9、23

鄰家老人雖古
走好

2018.8.3

酒匠、幺嗲、庹嗲、庹家婆婆、老元在农贸站背阴处乘凉扯闲嗑，话题是今年分外热也不晓得有没有雨。

2018.8.17

秋天说来就来了，在后院锄地，竹子被风揉来揉去，忆起今日是七夕，于是满园寻花，送给我的爱人，你们的妈妈。可干旱了数月，连生命力顽强的野草都死了，老爸灵机一动，上庹爷爷地里偷了二朵棉花，以表爱意。

2018.8.27

老爸的下一个梦想，买台手扶拖拉机，花上半年时间从南开到北，南是老屋，北是妈妈老家，饶河。往返六千公里，一可沿国道县道村道自由驰骋，拍一组好照片，是轻松的事。二可治我结石顽疾，想来都心花怒放。

人生总得为自己的梦想疯狂一把，也为你们吹嘘我这个无用的老爸时增添点眉飞色舞的谈资。

2018.9.6

饭后溜达，遇七旬老者正忙着收芝麻，少年时常跟随父亲左右，父亲也推这种鸡公车，只不过过去鸡公车是木轮的，前面还有一小轱辘，遇小沟小坎时借力轻松得过。每遇七旬长者，不由得忆起早逝的父亲。父亲若在，一定为我操持不少事的。

2018.9.21

四点起，东一摸西一摸，假装看了两页书。东边微微亮，三个宝宝该起床。左一呼，右一哄，着衣洗脸，尿尿，喝牛奶，还差三分钟，呼啸上学校。

送完大宝送二宝，回到家中也像一个宝。打发无聊有办法，拈对蝉蜕画，不管有冇饭呷。

2018.9.23

树小志气大，今年柿子丰收了。

2018.11.2

豆豆一直憋着一股气，为何哥哥写字就要把她撵到一边去。今天她正色对老爸说：我也要写字。终于我们学会了田字之外的兔子马三个字，欣喜若狂地拿去嘚瑟给全家人看，虽然一转身便忘了这三个字。

2018.12.16

肚饿，起，天还未完全放亮。

只听邻家婶婶拎着一只鸡过来，扔在门口说：三哥，鸡伢给你放门口了哈。待我出门，她已离开。

"随声飘扬，为爱导航……"村里广播开始了。

娃娃、娃娃他妈都还躺在热乎乎的被窝里养膘，我则端着一碗米皮，听着远近传来的杀猪声。欣赏着昨天从澧南移植来的松树小苗儿，真是可人，幸福地呼噜呼噜一大碗米皮下肚，踏实了。

去农贸站给华贵婶婶送钱，朝阳升起，一群鸭子在逆光中的池塘里泛起耀眼的粼光，欢快地叫唤，拍打着翅膀。农贸站一群人围着猪摊，称肉的，砍蹄子的，看热闹的。近年关了，杀猪佬生意最忙，一天要杀十头猪，一头猪一百五十元的手工加烟钱，不少挣的。

老大在大明家买了一头猪，我负责督办此事。对屠夫来讲，包括收拾得利利索索，一个半小时，跟玩似的。

台哥豆豆雅姐姐都来看热闹，谁家的猪在动刀之前都要放鞭，我杀年猪我放，今儿我替老大放。为何放鞭，我也说不清的，大概也算对猪神的一点敬畏之意吧。待杀完，拖回自家，得将肉摊开晾着。

城中大部队陆续抵达，老的少的一二十号人，吃新鲜的杀猪饭，好不热闹。

今儿日头好，酒足饭饱，斗地主，老大嫂子一年到头休息不了两天，偶尔回趟老屋就跟过年似的，输钱也乐意，反正也没输给外人。

台哥豆豆当地主，龙霸、安然院子前后疯玩，堂宝也跟在后面，拿根棍子到处戳。

杀猪饭，三百多斤的猪，敞开吃。自然是吃完中饭吃夜饭。一个个油嘴嘛哈进城去了。

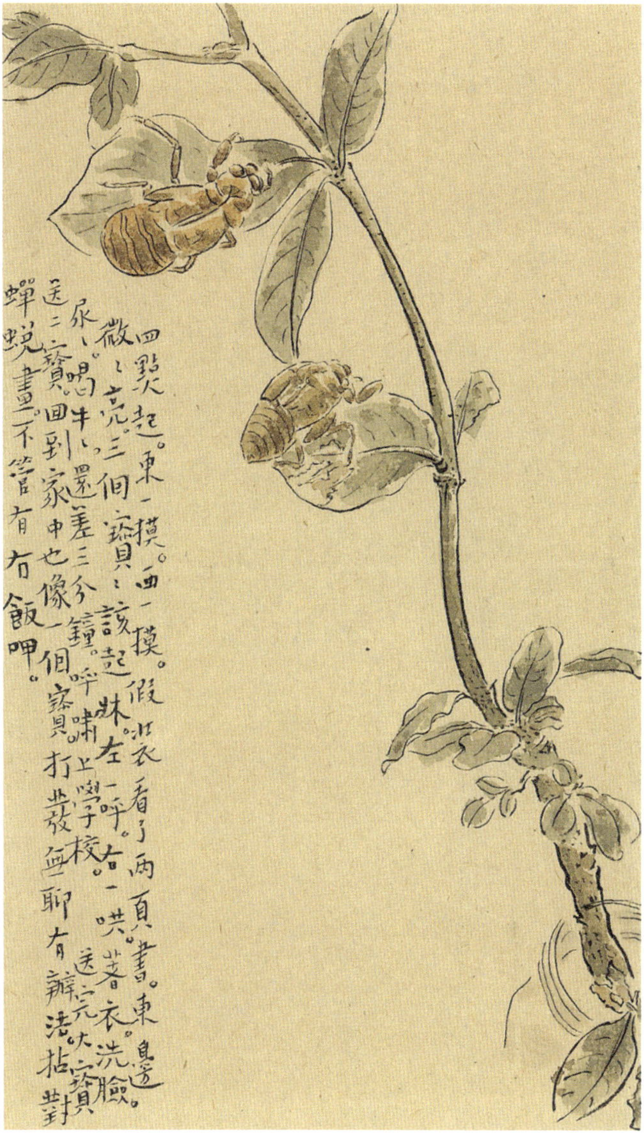

四點起。東一摸。西一摸。假洋衣看了兩頁書。東邊微ゝ亮。三個寶ゝ該起牀。左一呼。右一哄。著衣。洗臉。尿ゝ。喝牛ゝ。還差三分鐘。呼嘯上學校。送完大寶送二寶。回到家中也像一個寶貝打發無聊有辦法拈對蟬蛻畫。不管有冇飯呷。

秋天說來就來了，
在後院鋤些竹子
被風揉來揉去，
憶起今日是七夕，
於是滿園尋花萼
送給我的親愛人，你們的
媽媽，可這乾旱了數
月，連生命力頑強的
埜草都死了，老爸
靈機一動，上廣
父節，[redacted]崖會裏偷了
二朵棉花以表愛
意

棉
內含[redacted]
棉子，脫
完籽便可
[redacted]彈被子了

棉桃
俗稱桃子
因其形
如桃，

棉花萼
有品色
有檸檬
黃色，

七夕

哥、練字、老爸領著崩豆到陳家灣。剛收割後的稻田散發著清香。回到家，哥的字便寫完了。并控訴說他的生活一點也不快樂因為每天要寫字。
2018.8.25

皇鍋上學
全套家當
CKE
語文
数学
人皆養子望聰明
我被聰明誤一生
惟願孩兒愚且魯
無災無難到公卿
錄東坡洗兒詩
老爸不是聰明人也不盼你到公卿但求無災無難有個手藝過點安穩日子便知足了。關鍵得有自己的理想追求。
2015.9.5
澧州实验学校
一年级
七班

圓爲槼以象天。方爲榘以象地。
方圓互用。猶陰陽互藏。所
以用筆貴圓。字形貴方。既曰
槼榘。又曰之至。是圓而圓神。
不可滯也。方而通方。不可執也。
晉魏以前。篆書稍長。隸則少
扁。鍾王真行。會合中和。
嘿，瞧這學習氛圍。

回老屋總是好忙

2018.11.20

豆豆同學也有了自己的地盤。這很重要。
2018.12.12

一旦丶一直憋著一股氣為何
一旦進去。今天她正色對爸爸
學會了田字出外的兔子馬
德德給全家人看。雖然一轉
鍋丶一寫字就要把她攆到
說：我也要寫字，終於我們
三個字。欣喜若狂地拿去
身便忘了這三個字。
2018.1.2

2019.1.6

平时虽有随意涂写日记的习惯，回来这些年，日子大多也就这样重复地过着，柴米油盐酱醋茶，还有两个娃娃。

对于儿女，天下父母都盼他们将来平安健康长大，我也不例外。

2019.2.12

广东友人来，一道烟雨游澧水道河，无一行人，水流缓缓东去。隔岸滩涂，酷似石涛笔下景，环游二十里，再往南，看野塘对面姿态古逸群松。

今天已是正月初八，新的一年开始，当从沉醉中清醒过来，还有太多事要厘清要做。

借此，祝福所有人。

如此美好地死去似乎也是件奢侈的事

附录

风物里的灵魂

颜长江

魏壁擅长摄影，但是更喜欢书法。有时候，也用毛笔画一点画。我怀疑他最喜欢画的，是地图。准确地说是他家乡的地图。就像本书的开头，那是一种令人迷醉的画面。与其说是艺术，不如说是文学，或者故事。

他擅长使用毛笔。在这一幅优美的画面里面，我觉得，他最注重的首先是中锋直行。那是道路和城墙。是故显得那么的端庄。还有两条同样稳重自在的河流。

在河流和道路的基本框架之间，分布着城楼，房舍，公共建筑，文物或者树林。以及对他来说值得纪念的地方，梦溪镇，顺林驿，施家台。这些优雅的名字其实蕴含着不凡的诗性。而奶奶家，外婆坟，外公坟，父亲坟，又点出来不平静的生活情感。这两条线密不可分。

我们能通过他的笔法，感觉出他书写时，暗含万语千言。我们很难想象，名字和图案的背后隐藏着怎样的故事。这本书就多少讲述了一些。存在于乡村的文化传统，人情故事，让他少年的记忆如此深刻，一直影响他到老，正支撑他的现在和未来，并且传给下一代。集成一本书册，在他眼里，这就是他的《圣经》。

其实，中国的社会环境早就有巨大的改变。洞庭湖边上的这个小县也是如此。前些年，我来到了他生活的地方。他眼里看到的依然是各种神圣的风物和灵魂。而我看到的是普通的甚至有点杂乱的平常地。当然，每个人的家乡，都是他心目中的圣境，圣境中的小事就值得记忆，再朴实的文字也就不再普通，试随意选几句：

> 一次冬天在奶奶家，外面下着雪，我们几个小朋友在堂屋烤火，隔壁一个老实娃娃来了，穿得跟个鸨鸡母似的，两个衣袖由于长期蹭鼻涕，变得油黑发亮，对着太阳一晃，似乎可以当镜子用。

我看了会心一笑。这是湖湘的语言。我当年也是这样的，裹着风雪中的温暖，我穿着镜子般的袄子。仿佛他写的就是我。这就是不平常的文字。还有——

不平常的风景。到了他家乡，为了招待我，他带我到一片山坡上看一大群松树。他眼里有五体投地的光芒。其实在我看来，那只是一片普通的森林，但是对他来说是如此重要。我们这样的人就是在大家忽略的地方，以记忆为灵媒，赋眼前以圣光，写一个人的《圣经》，做自己的上帝，如柳毅般传书。

这一本家乡风物志，在目前的文化界是罕见的。虽然我们看到了一些社会学的著作，但很少在审美上有这种高度。而他朴实到位的文字，在我看来也是达到了文学的层次。

一个地方因为这样的书写而真正存在。他给家乡赋予了生命，就像家乡当年给他生命一样。他给家乡开了光，就像家乡五十年前给他开了光一样。这是一种彼此的约定，这是一种互相的证明。证明存在。

说来我的家乡离他家乡也就一百多里地，多少有点相同。里面很多细节，农民说话的方式，甚至他们的生活方式、思维习惯，我是太了解了。我看得是如此亲切。虽然这些事情非常普通，但正是这文化的点点滴滴，乡村的悲欢离合，让我们有了活着的精神资源，到老了可以感叹人生。

世界充盈着感情。我回乡时经常看到老人会说，嗯，我一定要埋在这个地方，就在我房子的不远处，就在这不远的土里。说这些话的时候，他们充满着满足的神情。如果你不能欣赏这种神情，那么你就没有懂得乡村。

他们是在用这样一种方式来表达，和这片土地换命。魏壁用更丰富的一个方式。我想，这将成为他最好的坟。

魏壁可爱的夫人肯定会说，颜兄弟又说疯话了。没办法，看到了魏壁的书，不时想到逝去的母亲或家兄，和他们与不远处那块土地的爱恨交织。魏壁并未记录太多，我感受到的不仅是优美，更是感知到他字画的表面之下还有很多故事——

湖湘的土地浸透的不是洞庭水，而是沉淀着无尽人生。是炊烟与血泪，神物与爱欲，呼喊与吟唱。这说得浪漫了，于我而言，是长久的哭泣。它在哭呀。我在为它一哭呀。是它伤害了我，也是它让我心满意足。如果离开，便是前者；如果回来，便是后者。魏壁就是离开了又回来。它是我们的情感之始，之钥，之终。湖湘的水间之地，秋收春来，年复一年，翻过，糙过，平过，于是播种。然后秋收，板结，又犁，再整一轮。都是一轮轮劳力与情感的无尽沉积，随便攥一把都是人生之汁。若无人打量，便成阎罗世界。我们怎忍心让土地孤独自绝?！如有人记下它的万一，这土地与世代就没有白白受过，那一刻就万物欢欣，金光闪烁，人类的精神世界由此累积。即文化文明的产生。魏壁，对人生“复述”，生活方有意义，而成自足圆满的世界。并——

止住所有的血。

2024年春，于广州

图书在版编目(CIP)数据

梦溪 / 魏壁著. -- 北京 : 北京十月文艺出版社,
2025. 9. -- ISBN 978-7-5302-2436-6

Ⅰ. I267.1

中国国家版本馆 CIP 数据核字第 20240W823X 号

梦溪
MENG XI
魏 壁 著

出　　版　北 京 出 版 集 团
　　　　　北京十月文艺出版社
地　　址　北京北三环中路 6 号
邮　　编　100120
网　　址　www.bph.com.cn
发　　行　新经典发行有限公司
　　　　　电话 010-68423599
经　　销　新华书店
印　　刷　北京盛通印刷股份有限公司
版　　次　2025 年 9 月第 1 版
印　　次　2025 年 9 月第 1 次印刷
开　　本　850 毫米 ×1168 毫米 1/32
印　　张　7
字　　数　155 千字
书　　号　ISBN 978-7-5302-2436-6
定　　价　78.00 元
如有印装质量问题，由本社负责调换
质量监督电话　010-58572393